JN223945

「愛しい方」

暴れようとした肩ごと左腕が抱きとめられ、ほっそりした顎に指をかけられる。ほとんど抗う間もなく唇を重ねられ、エーリヒは大きく目を見開いた。

蒼《そう》空《くう》の絆《きずな》

かわい有《ゆ》美《み》子《こ》

ILLUSTRATION：稲《いな》荷《り》家《や》房《ふさ》之《の》介《すけ》

蒼空の絆

LYNX ROMANCE

CONTENTS

蒼空の絆

一章

Ⅰ

　夕刻に差しかかる時刻、エーリヒの視界の大半を占める空が、思わず目を奪われるような澄んだ美しい紫色に染まりはじめる。

　やわらかな色味に染まった雲海が、翼のまだはるか下方に見える。

『こちら、雪の一番機《シュネー・アイン》。これより帰投する』

　酸素マスクを外したエーリヒが無線で伝えると、基地の管制塔より応答がある。

――こちらＣ　３《ツエー・ドライ》、了解。

　二十七歳のエーリヒの愛機は、明るいグレーに黒の冬季迷彩を施した戦闘機Ｍｉ１９０、愛称『鳶《ミーラン》』だった。

　代々、エーリヒの所属する隊の機体は、識別章として雪の結晶を機首近くに描いている。そのため、北部飛行連隊の中では雪の部隊と呼ばれる。エーリヒはその一番機だ。

　エーリヒの愛機を先頭に、Ｖ字型に編隊を組む第一隊、そして、そのやや上方をエーリヒの補佐官であるアルフレート・ミューラー中尉が率いる第二隊が基地へと向かって飛んでいる。

　紫色の空の下、エーリヒは人知れず、小さく息を吐いた。

　誰にも、そしてまだ中尉当人にも告げたことはないが、帰路でこのアルフレート・ミューラー中尉が自分の上空にいると、いつもふっと肩の力が抜けて楽になる。出撃からずっと内側で張りつめていたものが解けるのがわかる。

　子供の頃、夏に見かけたアルフレートの姿もそうだった。すらりと背の高い二歳ほど年上の黒髪の少年は、グラウンドで仲間とサッカーをしていたり、自転車で走っていたりした。

長身に見合った長い手足を持ち、風を切って走る姿はいつも伸びやかで自由に見え、エーリヒの目を惹《ひ》いた。

ここ数年、アルフレートが自分の上空にいる限り、不意打ちで敵機に襲われる危険はほとんど意識したことがない。だからこそ、今、一日の終わりにこうして美しい夕刻の空にしばし見入っていられるのかもしれない。

影を帯びて暗くなりかけた山々は、丸みを帯びた地平線まで続いている。ぼうっと白くかすんで光り輝くような雲の群れの上は、ただただ上空に広がる暮れかけの空へと連なる。

この空はそのまま、C3基地よりもさらに北にあるエーリヒの故郷にも続いている。

帝国の北部でもっとも美しい城とされるエーリヒの生家シュテューラー城も、今頃、この透き通った紫色の空の下にその優美な姿を浮かび上がらせていることだろう。

戦場での慌ただしい一日のうち、澄んだ夕空のもと、愛する故郷に想いを馳《は》せることのできる今のこの時間が、エーリヒにとっては一番気が休まる時といえるかもしれない。

しばらく空を飛ぶと、眼下に基地への目印となる三日月形の青いジェッカ湖が見えた。

今日、三度目となる眺めだ。

それでも、三度の出撃で一機も失うことなく帰投できたことにエーリヒはほっとする。

その分、特に美しい夕暮れの景色は疲れた心に沁《し》みる気がした。エーリヒは自分でも知らず、口許《くちもと》にうっすらと笑みを浮かべる。

そして、自分の愛機からやや下がった位置に翼を並べる二番機をちらりと振り返る。まだ慣れぬ若手パイロットをサポートするため、エーリヒが直接指示して組み入れた位置だ。今日も無事に連れ帰ることができてよかった。

この半年、戦局はけして明るくはない。

一日に出撃が数回にも及ぶ北部戦線の状況は、一週間ほど前、補充要員として新しく異動してきた配属四ヶ月ほどの若いパイロットにとっては、かなり過酷な実地訓練場所でもある。

しかし、幸いにして勘のいい青年で、エーリヒに次ぐ二番機として、今日もそこそこ危なげなくついてきている。

北部戦線を守る『雪の女王《シュネーケーニギン》』の二番機としてつけるなど、信じられないような名誉だと周囲に洩《も》らしていたらしいが、エーリヒの前では常にガチガチに緊張しているためにほとんど話らしい話もしていない。エーリヒが話しかけるだけで顔色が蒼白《そうはく》になって言葉につまってしまうので、あまり話しかけるのは酷かと思って控えている。

なので、これはベテランパイロットのホフマン軍曹が気を利かせて、アルフレート経由で耳に入れてくれた話だ。

本来ならもっと時間をかけてパイロットを養成してやるべきだが、すでにエーリヒの祖国であるグランツ帝国にはそこまでの余裕がない。開戦当初はよかった戦局もすでに消耗戦となってきており、戦況は悪くなるばかりだった。

短い秋が終わろうとしている。

エーリヒは眼下の景色を眺めた。

もうすぐ、このあたりは早い冬の訪れと共に雪が舞いはじめることだろう。

冬になれば、C3基地はもちろん、それよりもさらに北方にあたるN連邦は空が荒れ、しばらくは敵の攻撃回数も減る。連日出撃続きのパイロット達を休ませてやるならば、その時期だ。

それまで、あともう少し持ちこたえられればありがたいのだが…。

『こちら、雪の一番機、これより着陸態勢に入る』

エーリヒが基地に伝えると、応諾がある。

――C3、了解。

すでに滑走路には誘導灯が灯《とも》っている。

徐々に闇色が濃くなりゆく空を、エーリヒは基地に向かって隊を率い、ゆっくりと下降していった。

基地に到着すると、エーリヒは操縦席で毛皮のついた飛行帽とゴーグルを取った。

代わりに、飛行中ずっとかたわらに置いていたブルーグレーの軍帽を手にして、愛機から降りる。同じブルーグレーに銀ボタンの軍服の上には、耐寒用の毛皮のついた革製の飛行服を着用していた。飛行服の下の軍服の襟には、中佐の階級章がついている。

帝国の北方を守る軍用飛行場、C3基地の飛行隊司令官であるエーリヒの、淡く輝くような金の髪と北方の冷たく澄んだ空のようなスカイブルーの瞳を、この基地で知らぬ者はない。二十七歳で東方グランツ帝国空軍屈指のエースパイロット、撃墜王《エクスペルテ》として名を轟《とどろ》かせ、国家的英雄のひとりとも呼ばれている。

エーリヒ・ヴィクトル・フォン・シェーンブルクは、今はグランツ帝国の一地方に組み入れられているが、かつて存在した旧ハイリゲンヴァルト王国の貴族の末裔《まつえい》だった。

国家元首のルドルフ・リンツにも、貴族の血を引く血統のよさ、金髪碧眼《へきがん》のその整った容姿と戦場での優秀さ、勇気と統率力に目をかけられ、帝国軍人の規範となるべき男だと名指しで讃《たた》えられた。

そんな国家的英雄を失って敵側のプロパガンダに利用されることを恐れ、空軍本部からはひっきりなしに後方任務の声がかかるが、いまだにエーリリヒはそれを断り続けている。

誰が言い出したのかは知らないが、撃墜王としてカウントされるようになった今では、エーリリヒは北部戦線を守る『雪の女王《シュネーケーニギン》』と呼ばれる存在となっていた。

通り名の『雪《シュネー》』は、所属している『雪の部隊』に由来する。

あえて『撃墜王』ではなく『女王』などと呼ばれてしまうのは、おそらく士官学校を出て着任早々は『金髪碧眼のお嬢さん』とからかわれた、エーリリヒの容貌によるものだ。男としては、やや線が細い。

母親似の端整すぎる容貌は、祖父には旧ハイリゲンヴァルト王国において歴代の武功と栄光とを飾ったシェーンブルク家の男としては軟弱すぎるとあまり好かれてはいなかった。

身長も百七十七センチと、百八十センチを超える体格のよいグランツ帝国軍人がそろった中では、やや細身で中背の部類だ。堂々たる体格のエーリリヒの父や兄の横に並ぶと、ずいぶん華奢《きゃしゃ》に見える。

だからこそよけいに、エーリリヒは士官学校在籍中から懸命に飛行技術を磨いた。むしろ、狭い操縦席では身体《からだ》が大きすぎると逆に支障になる。体格が多少細身であっても、容姿が軟弱に見えても、単身で戦闘機を駆使する空でなら、周囲のパイロットを圧倒し、多大な実績を上げることができる。

そして、それこそがエーリリヒなりのシェーンブルク家の男としての戦い方であり、矜持《きょうじ》であり、祖国への貢献でもあった。

むろん、部下の中には面と向かって『雪の女王』などと呼ぶ命知らずはいないが、新聞記事などにエーリリヒの写真と共にその見出しが躍ることは多い。

冷徹な我らが女王、今日も北部戦線を守る…、などと過剰な形容が並ぶが、それは北方地方伝承の中の表情薄い冬の女王のイメージに由来するものだった。

　最初はその雪の女王の守護を受けたエースパイロットという形容だったはずだが、撃墜数が伸びるにつれていつのまにか宣伝省の意向もあって、意図的に同一視されるようになっていったともいえる。

　伝承の女神が帝国の北部を守っているという印象は、国民を勇気づける一種のプロパガンダだ。エーリヒにはほとんど笑った写真がないので、周囲にはよけいに冷然として動じない印象が先行するのだろう。

　しかし、そんな派手な通り名を持つのはエーリヒばかりではない。

　名将、あるいは軍功著しい軍人に対し、仲間内から、あるいは逆に敵軍から、好き好きにつけられるものだ。帝国の東方戦線の夜戦のエースパイロットは、敵軍にとっては神出鬼没の存在らしく、東方基地のある場所の名を取って『アルルガースの幽鬼』などと呼ばれている。

　ちなみにエーリヒは、今、北部戦線で渡り合っている北の大国N連邦からは、愛機の黒の冬季迷彩と機首についたチューリップ状にも見える黒い模様から、『黒の悪魔』と呼ばれているらしい。容姿が絡まなければ、女王が悪魔だとか死神だとかいった評価になるだけのことだ。むしろ、軍人としてはその方が誇らしいぐらいかもしれない。

　駆けよってくる整備員に身につけていた救命胴衣を手渡していると、アルフレートの機がちょうど降りてきた。

　二つ歳上の男は巧みな操縦技術で、昼間とまったく同じ位置に正確に着陸する。

　アルフレートは機体を降りる際にエーリヒの視線に気づいたらしく、小さく帽子に手を添えて敬礼を寄越した。

口数は少ないが、敏《さと》い男だ。子供の頃から、こちらが声をかけなくても、エーリヒの視線には必ず気づいた。そして、あの緑色の瞳で黙ってこちらを見つめ返してくる。

部下らの敬礼に応じ、エーリヒがフライトジャケットの襟許をゆるめながら将校用の建物に向かっていると、長身の男は足早に追いついてきた。

百九十センチに近い男は、今年二十九歳になる。

「今日もご苦労だったな」

今朝からの出撃状況を思い、エーリヒはアルフレートをねぎらう。

ここのところずっと、一日数度の出撃が常態化している。

戦略的攻撃のためではなく、むしろN連邦から飛んでくる飛行部隊迎撃のための出撃で、そのたびに二度、三度と出てゆく。多い時には、一日に五度も出撃したことがある。

依然、ラジオや新聞では各方面で戦況は悪くないと報じているが、そして、この北部戦線ではまだ状況そのものは膠着《こうちゃく》状態に近いが、帝国の物資不足、人員不足は日々、深刻化してきている。

日に何度も迎撃に出るエーリヒの飛行部隊とは違い、N連邦から出撃してくる飛行部隊は毎回顔ぶれが異なる。それだけを取っても、自国とN連邦との圧倒的な物量差、兵員数の差をひしひしと感じる。

出撃を重ねる分、エーリヒの部隊はN連邦のパイロットよりも熟練しており、撃墜数も多いが、それは同時にパイロット達の疲弊原因ともなっていた。

熟練したベテランパイロットが休暇らしい休暇もなく、連日の度重なる出撃に疲れ、些細《ささい》なミスで命を落とす。少し前にエーリヒの隊にいた二番機のパイロットもそうだった。それを考えると、どうしてもエーリヒの口も重くなる。

共に戦う仲間を失って平気な人間などいない。国を救うために空軍を志願したのに、いつしかもっと他に国を救う手だてはないのかと考えてしまうようになった。

今日はまだ、全機そろって帰れてよかったのだ。

アルフレートはエーリヒの短いねぎらいに、低い硬質な声で応じた。

「ニーマンは、それなりにうまくつけていましたね」

エーリヒが二番機に組み入れた新入りを、この男らしく、頼まずともちゃんと気にかけてくれていたらしい。

「ああ、馴《な》れればいいパイロットになるだろう」

この出撃回数だ。生き残りさえすれば、数ヶ月もする頃には相当の熟練パイロットになる。

長い戦局の中では、その『生き残る』こと自体が難しいのだが…、とエーリヒはその先を続ける気になれず、男と肩を並べて歩いた。

幼い頃よりこの男を知っていたといっても、いつもそれは夏の休暇中に限ってのことだった。

もともと体格のよかったアルフレートは毎年見るたびに背が伸び、大人びていった。最初は背の高い、頭のよさそうな歳上《としうえ》の少年だと思っていたが、いつしか夏ごとにその成長を目の端で確認するようになっていた。

昔から寡黙な男だ。あれこれと口数多く話すところは見たことがなかったが、深いグリーンの瞳はいつも静かで落ち着いていた。

そのせいか、ずっと長く見知った幼馴染みのようにも思える。

あえてアルフレートに言ったことはないが、個人的にはエーリヒがもっとも気を許し、親しみを覚えている相手だった。

「今日の戦況結果の報告を行う。今から十分後に集合するように」

「了解」

エーリヒの命令を伝えるため、アルフレートは足早に離れていった。

報告会はアルフレートの正確な伝達により、エーリヒの予告どおりの十分後にはじまった。

今日の戦果の報告、本部から伝えられている戦況分析と、すべてはエーリヒの希望もあって無駄なく手短に行われる。

最後、アルフレートの号令のもとにいっせいにエーリヒに敬礼を向けたパイロットは、その後、わらわらと部屋を出てゆく。

エーリヒの前では真面目に振る舞っていても、廊下に出ると気が抜けるのだろう。わっと陽気な声が上がるのが聞こえてくる。

まだ若いパイロットらだ。妻帯者はともかくほとんどの者は、戦闘が終わった夜には、女達の待つ酒場に繰り出しておおいに羽を伸ばすと相場は決まっている。

賑《にぎ》やかに出ていったパイロットらを見送ったエーリヒは、かたわらで書類をまとめる自分の補佐官を振り返った。

「せっかくの夜だ、今週はかなり過酷な出撃状況だった。中尉も少しは羽を伸ばしてくるといい」

エーリヒは部下達の目もあるし、旧貴族であるがゆえに要求される品位もある。司令官であり旧貴族でもある自分がいると、部下達もくつろぎきれないこともよく知っている。

けして、器用な性格ではないので、過度な友情も色恋沙汰もすべて遠ざけている。他の基地の司令官よりもかなり若い身で、北方戦線の制空権の中心を担う基地のひとつであるこのC3基地を任されている。今は職務以外のことに割く余力はない。

そのため、エーリヒ自身はそういった浮かれた酒場に足を向けるつもりはないが、この男がハードな戦場を忘れて羽を伸ばすのを止める気はない。

むしろ、仲間と一緒にゆっくり酒の席を楽しんでくれればいいとすら思っていた。

街に買い物に出れば、この顔立ちのいい真面目な長身の男が『黒髪のハンサムな中尉さん』と呼ばれ、若い女性陣から非常に人気なのも知っている。

基地でのパーティーの際には、アルフレートに向けてひっきりなしに秋波が送られていたのに、この男はまったく涼しい顔を見せていた。エーリヒですら、建前上は何人かと踊ったというのに、アルフレートはついに誰もダンスに誘わなかったので、副司令官夫人に誰か恋しい方でもいるのでしょうとからかわれていたぐらいだ。

鈍い男ではないのであえて無頓着を装っているのかもしれないが、もったいないことだとエーリヒは思っている。それが立場上、酒場に赴かないエーリヒに気を遣ってのことだとすれば、逆に申し訳なくもある。

「酒場もきっと湧くだろう」

飲み屋の年増《としま》の女将《おかみ》でさえ、この男が他のパイロットらと一緒に店に行くと上機嫌になって酒を振舞ってくれるとも聞いている。この男と共にいると精神的に楽だし、『ハンサムな中尉さん』と親しく話せて嬉《うれ》しいという浮かれた女達の気持ちもわかる。

せっかくの週末なので、堅苦しさを忘れて骨休めをしてほしかった。

しかし、アルフレートはいつものように落ち着いた緑色の瞳を向けてくる。

「…いえ、まだ報告用の書類も残っておりますので」

いかにも堅物なこの男らしい返事だ。だが、必要以上に強《し》いるのも悪いかと、エーリヒは頷《うなず》いた。

「わかった、好きにするといい」

エーリヒが自分の士官用宿舎に戻ろうとすると、アルフレートはその前に黙って扉を開けてくれる。エーリヒについて共に部屋を出るところを見ると、同じ宿舎に戻ろうというのだろう。

どこまで律儀なのだか、とエーリヒはかすかに吐息とも笑いともつかない息を洩らし、アルフレートを見た。

背の高い男だ。エーリヒが少し見上げなければならないほどに上背はある。

「中尉、夕食は？」

水を向けると、男は肩を並べてくる。

「ご一緒します」

「ああ」

この男との間には、いつもさほど言葉を要しない。エーリヒもさして自分の考えを人に詳しくしゃべってまわる質《たち》ではないが、この男はさらに輪をかけて寡黙だ。

だが、弾む会話も、あえて場をなごませる冗談も、この男との間には別に必要はない。多分、それ以上の信頼感、強い絆《きずな》が昔から…、それこそ、あの少年の日の夏からずっと二人にはある。

それが毎年夏の間だけの出会いであっても、そして、成人近い年頃になってからは数年以上顔を合わせていなかったにせよ…、だ。

アルフレートの故郷の村では、学校を出てから役所に勤めていたと聞いたが、この男はその安定した役人としての仕事を捨て、士官学校へと入った。

エーリヒより遅れて入ったがために階位は下だが、百倍を超えるという空軍士官学校の試験にやすやすと受かるだけに優秀なのは間違いない。

撃墜成績も悪くない。共に飛ぶと常にエーリヒの掩護《えんご》にまわるため、その撃墜数はエーリヒには及ばないが、同じ隊にやってくるまでは順調に撃墜数を伸ばしていたと聞いている。

同期であれば、実力は拮抗《きっこう》したのではないかとエーリヒは思っているし、今、二つ歳上のこの男に敬語を使われていることもなかったかもしれない…、と考えながらエーリヒは士官用宿舎の食堂に二人で入る。

敬語なしで親しく話す同期の間柄なら、もっと関係性は違っていたのだろうか。

エーリヒは同じテーブルに着いた男を見る。

「何か？」

視線に気づいた男が士官帽を取りながら、尋ねてくる。

「いや…」

エーリヒは首を横に振る。

ずっと子供の頃から、この男は二つ歳下のエーリヒに対し、敬語を崩さない。

それはもちろん、旧貴族家出身のエーリヒと、その旧所領地の村の人間という関係性によるものだった。村の人間は老人から小さな子供まで、皆、エーリヒの一家に敬意を払ってくれた。

この男は最初に配属された隊から、自ら望んで、このエーリヒのいる北部第三飛行連隊へとやってきたのだと聞いた。故郷のある北方守備の飛行部隊とはいえ、もっと近い所管の飛行連隊もある。考えられる動機としては、エーリヒがいることぐらいだ。

律儀さもそこまでゆくと、申し訳ない気がする。

かつてのシェーンブルク家が、旧所領地の人間にそこまで慕われていたと自惚《うぬぼ》れてもかまわないのだろうか。それとも、二人の過去に由来するものなのか…。

テーブルにスープが運ばれてくる頃、酒場に行かずに残って食事をとる士官のひとりが壁際のラジオをつけた。

最近流行《はや》りの切ない恋歌が流れ出す。普段は女性歌手が曲に合わせて歌っているが、今日はどこかのスタジオから曲だけの演奏が流されているらしい。

「なぁ、曲だけじゃ寂しいじゃないか」

「少尉、歌えよ！」

歌の得意な少尉が仲間に口々にはやされ、ためらいながらも立ち上がる。

――夕べの風に乗せてあなたに愛の歌を送ろう、今はこの気持ちがけしてあなたに届かぬものと知っているけれど…。

甘く伸びのあるテノールで、少尉は感傷的なやさしいフレーズを歌った。

「上手いものだな」

エーリヒはそれに穏やかな視線を向ける。

「ハルクマン少尉ですね」

アルフレートも隣で相槌《あいづち》を打つ。

「前の基地では、パーティーで女性陣に引っ張りだこだったとか…。奥方は、あの甘い声に惚《ほ》れ込んだそうですよ」

同じ隊の伍長《ごちょう》が言っていたと、この男にしては珍しく軽口をたたく。

そう言うアルフレートはくせのない黒髪に、静かだが意志の強そうなグリーンの瞳を持っている。くっきりとした眉と鼻筋はまっすぐに通り、眼窩《がんか》は深い。いつも固く引きしまった唇のラインも、北方グランツ人らしく直線的に彫り込んだような印象を受ける。

母親譲りの線の細い容貌を持つエーリヒとは異なり、その黒髪や深い緑の瞳のせいか、骨組みのしっかりとした身体つきのせいか、顔立ちも声質も、立居振舞さえも男性的で硬質な印象の男だ。佇《たたず》まいもよく整っていて、街で騒がれるのもわかる。

空の英雄に祭り上げられたエーリヒのために目立たないが、その戦果が小さな顔写真と共に新聞に載っていることもある。若い娘達はそれを目敏く見つけては切り抜いて飾っていると聞いた。

もし、この男がエーリヒと同期で撃墜王と呼ばれる立場なら、いったいどんなあだ名がつけられたのだろうと時々思う。

静かで魅力的な眼差《まなざ》しを持ち、背が高く誠実そうで、出身地もこの街と同じ帝国北部だ。しかし、この容姿なら、エーリヒのように女王などと呼ばれることはないだろう。詩才のない自分には見当もつかないが…。

食堂で運ばれてきた煮込み料理にフォークを入れるエーリヒのグラスに、アルフレートが南部特産のワインを注ぐのを見ながら、ふと尋ねてみる。

「本当によかったのか？」

エーリヒの問いに、アルフレートは何事かという顔をしてみせる。

「いや、酒場だ。ホフマン軍曹が、たまにはミューラー中尉を酒場に連れていかないと、私が女性陣に恨まれますと言っていた」

「…私は」

銀のモールつきの帽子をかたわらへ置いたアルフレートは何かを言いかけ、わずかに唇の両端を上げて首を小さく振る。

「酒は静かに飲みたいので」

「なるほど…、それは気が合うな」

グラスを口に運んだエーリヒは、ふと手を止める。

「なら、私のヴァイオリンは、貴官の憩いの邪魔とはなっていないだろうか？」

一応、時間に気をつけて弾いているつもりだが、必ずしもアルフレートの好みの曲ばかりとは言えないだろう。特にエーリヒは今、ラジオから流れているような流行り曲は弾かないし、弾けない。幼い頃から習ったクラシックばかりだ。

「いえ、いつもとても贅沢《ぜいたく》な時間をいただいています」

アルフレートは珍しく目許をやわらげ、口許に笑みを刻んだ。

「クラシックを聞きながら酒をたしなめるなんて、酒場に行ってもできない贅沢です。それこそ、首都テルトワの士官クラブにでも出向かないと」

重めの低い声に軽々しい迎合はなく、本心からそう思っているようだ。

「そうか。ならば、いい」

エーリヒもわずかに口許をゆるめる。

「だが、もっと腕を上げないと、士官クラブの演奏には到底及ばないな」

エーリヒの軽口に、アルフレートも笑みを浮かべた。

「私には十分ですよ。今のこの時間も、とても贅沢に思えます」

確かにやわらかなテノールを聴きながら少し甘口のワインを口に含むと、一日の疲れが少し溶けるような気がする。


エーリヒはしばらくハルクマン少尉の歌に聴き入っていた。

少尉の魅惑的な歌がひと区切りした頃、勇ましく派手なトランペット曲と共にニュースがはじまった。

思わしくない世相を少しでも鼓舞するかのように賑やかな音楽がラジオから流れ出すと、甘いバラードを歌っていた少尉も、他の将校らと共にラジオに耳を傾ける。

最初に流れたのは、今、政治の中枢にあるルドルフ・リンツ元首を中心とした人事ニュースだった。リンツ元首が、側近のレント海軍総司令官を海軍元帥に昇進させたという。レント新元帥は元首に忠誠を誓い云々《うんぬん》という話が仰々しく伝えられる。

一方、続く戦局のニュースはいっこうにかんばしくないものだった。西部戦線では、またもや西域連合に進撃されたという。ラジオのまわりに集まった将校らの口から、いっせいに溜息《ためいき》が洩れた。

今、配属されている北部戦線についてはともかく、他方面での戦局について、作戦本部から情報はほとんど入ってこない。たまに気を利かせた情報将校が、こっそりと教えてくれるくらいだ。

そのため、こうして一般国民らと同じようにニュースで情報を聞くしかない。

指揮を執っている司令官らすら、他方面の戦局を知れないというのはよくない傾向だと思うが、作戦本部としてはよけいな負の情報を入れて将兵らの士気を削《そ》ぎたくないのだろう。

「トゥーラスにて善戦中って、一週間前のヴァールコートよりも後退してるじゃないか」

「カラーザス地方は失ったたっていうことか？」

なごやかに少尉の歌に耳を傾けていた時とはうってかわって、浮かぬ顔を見せる将校らの話が漏れ聞こえてくる。

アルフレートが視線だけラジオの方へと向けるのに、エーリヒは小さく言った。

「むしろ、カラーザスはよく保《も》った方だと思う」

エーリヒの呟《つぶや》きに、アルフレートはただその思慮深そうな緑色の瞳を伏せた。

Ⅱ

午前の出撃のあとすぐ、アルフレート・ミューラーは格納庫の中で、整備士から調子の悪い箇所の部品交換について説明を受けていた。

「あと、どれくらいかかる？」

「二時間で終わらせます」

「急いでくれ、次の出撃には間に合わせたい。できれば、その前にテスト飛行もしておきたい」

承知しました、と敬礼の形を取ると、整備士は他の二人の整備士を呼び、急いでアルフレートの機体の下へと潜り込んでゆく。

整備図をたたんでいたアルフレートの耳に、ふと若く弾んだ声が入ってくる。

「…新聞記事で写真は見たことあったんですけど、男に向かって『女王』っていうのはどうかとは思ってたんです。あだ名つけるにしても、『王』とか、『騎士』とかでもよかったんじゃないかって」

この間からエーリヒの二番機として配属されている、ニーマンの声だった。十八歳だと言っていただろうか。

この隊で『女王』などと呼ばれるのは、間違いなく上司のシェーンブルク中佐、エーリヒの話だろうと、アルフレートは声の方を振り返る。

由緒正しき北部グランツ人の血統を示す完璧な美だと、総統リンツをも感嘆させたエーリヒの繊細な美貌のブロマイドや絵ハガキは、若い女性陣に熱狂的に支持され、飛ぶように売れている。

鼻筋や眉、顎まわりの細い、よく整った顔立ちは、男らしさよりも繊細さや高貴さを感じさせ、彫刻のようだとすら言われていた。

写真や新聞の切り抜きは、他のエースパイロットらの中でも群を抜いて、国中の女性陣の寝室の壁に飾られていると評判だ。そのため、エーリヒに会ったことのない国民達にも、その姿形はよく知られていた。

アルフレートは屈託がなさすぎてよく通るニーマンの声に耳を傾ける。このニーマンの話しぶりを聞くに、悪口のようではないが、自分の声がどれぐらい周囲に聞こえているのかはもう少し考えた方がいい。

あとで軍曹経由で注意をしておこうと、アルフレートはそのまま次に備えて搭乗準備を整えておく。

盗み聞きするつもりはなかったが、ニーマンのはしゃいだ声は勝手に耳に入ってきた。

「『女王』っていうのは、東の撃墜王のテオドール・

シュックの『ビスクール海岸の覇王』に対抗して、北部戦線のエースらしいあだ名をつけたって聞いたぞ。あと、騎士もいたんだ。シュックほどの成績じゃなかったが、西のエースパイロットのハインリヒ・ルーガーが、『ベルルの黒騎士』って呼ばれてた。ルーガーは、そのあと、ドッグファイトで亡くなったけれども」

「最初は、『雪の女王の守護を受けたエーリヒ・フォン・シェーンブルク』っていう形容だったんだけどな、いつのまにか守護を受けたっていう部分がすっ飛ばされるようになったんだよ」

説明してやっているのは、エーリヒが『雪の女王』と呼ばれるまでのいわれを知っている古株パイロットだ。待機中のパイロット達が、格納庫の端で煙草《たばこ》を手に雑談しているらしい。

整備待ちや休憩中には、よく見かける光景ではある。

「実際、あれよあれよっていう間に、我らが司令官殿はテオドール・シュックの撃墜数を上まわっちまったしなぁ」

「それも知ってます。覇王と張るぐらいの圧倒的なエースパイロットだったっていうのも、このグランツ北部地方の冬の守護女神にかけた名前だっていうのも」

アルフレートらの故郷であるシュヴェーリーン地方を中心にした帝国北部地方には、昔から表情薄いが美しく気高い冬の女王、雪の女王の伝承がある。

長く厳しい冬を司《つかさど》るが、その間に大地を守り、休ませ、次の季節の豊穣《ほうじょう》を約束してくれる女神だ。普段は森や大地を冷たい雪で閉ざすが、森の中で行き倒れた旅人や飢えた子供を助けるという、弱い者を守る崇高な守護者としての伝説も持っている。

『雪の女王』の名は、ある意味、そのエーリヒやアルフレートの出身地、シュヴェーリーン地方由来の名前とも言えた。

でも…、とニーマンは弾んだままの声で応える。

「それでもどこかに、やっぱり男に『女王』ってつけてるのは何なんだろうっていうのはあったんです。いくら新聞に載った写真を見ても、あの伏し目がちの綺麗《きれい》なポートレートが街で飛ぶように売れるのを見ててもね。そりゃあ、確かに下手な映画俳優も裸足《はだし》で逃げ出すほどの二枚目ですよ。でも、写真はそれなりに修正があって当たり前っていうのか。だけど、ここに配属になって、初めて司令官殿を見た時、そんなの全部吹っ飛んでいきました」

「そりゃあな、中佐殿は修正抜きであのとおりの見た目だからな」

「ええ、おいそれとは近寄れない雰囲気ですし。男も女もひっくるめて、あそこまで上品な顔と話し方、立居振舞は見たことがないです」

確かにエーリヒは、ひと目見たら忘れられないような顔立ちと独特の雰囲気を持っていた。

鼻筋の細い、やや怜悧《れいり》に過ぎるほどの顔。それに加えて、あの印象的なスカイブルーの瞳だ。まるでこちらの胸の内まで見透かすような澄んだ青の眼差しには、時に言葉を失ってしまう。

エーリヒには、あの瞳、あの面立ちと佇まいとで、一瞥《いちべつ》するだけで大人も息を呑《の》むほどに高貴な気配が子供の頃からあった。

「旧ハイリゲンヴァルト王国の王族だったかもしれないお家柄だしな。昔だったら、直接にお言葉ももらえないような人だぞ」

「いやぁ、直接にお言葉をもらった時には、もう頭の中が真っ白になっちゃって、何を答えたのか全然覚えてないです」

ニーマンのはしゃいだ声に、男達の笑いが重なる。

司令官殿が線が細くて上品なのは、ハイリゲンヴァルト王家の血を引く伯爵夫人似だかららしい、などと勝手な話でパイロット達は盛り上がるが、エーリヒが母親の伯爵夫人似なのは確かだった。

アルフレートは子供の頃に見たシェーンブルク一家の面々を、懐かしく思い出す。

シェーンブルク伯爵家では、エーリヒの姉とエーリヒの二人が今は亡きハイリゲンヴァルト王の姪《めい》である夫人に、上の兄と下の妹とはどちらかというと父親の伯爵に似た容貌だった。

エーリヒの少年時代、一家がそろってアルフレートの故郷である小さな温泉保養地ヴァーレンの湖畔を散策する姿は、一幅の絵のようだった。

村人達は皆、一定の敬意と距離感をもって毎夏、一家の別荘への訪れを眺めていた。

アルフレートの見知ったエーリヒは、十の歳までは夏は膝丈のズボンとアイロンのきいたセーラー襟のシャツを身につけていた。

しかし、いくら見た目が伯爵夫人や姉に似ていても、その凜《りん》とした雰囲気と知性の勝った澄んだ青い瞳から、誰もエーリヒを少女と見間違えることはなかった。

一家の子供達には専属の家庭教師がついていたため、エーリヒが村の学校へ顔を覗《のぞ》かせることはなかった。

なので、子供の頃は親しく遊んだことはない。週に一度、一家が教会の一段高い貴賓席へとやってくるのを、離れた席から眺めるだけだった。

エーリヒに救われる前は…。

このグランツ帝国でも、かつて北部地方にあった旧ハイリゲンヴァルト王国といえば、国王以下、その臣民らも誇り高く、軍事的にも統制の取れた堅固で剛胆な騎兵を持っていたことで知られていた。歴史的にも長い間、近隣諸国から一目置かれていた存在だったという。

やがてハイリゲンヴァルト王国はグランツ帝国に

吸収され、帝国の貴族制度そのものも一世代前には廃止された。

そんな旧伯爵家出身の男などどれほどのものか、単に家柄だけ、顔だけの骨細なひょろりとした優男だと侮っている者は少なくない。

しかし、皆、実際にエーリヒの空での苛烈な戦いぶりを前にすれば一様に言葉を失う。

高貴に生まれた者は常に国家に奉仕し、国土を守る義務を負う…、貴族たる者の不文律、まさしくそれが人の形をとっているのがエーリヒでもあった。

「それに実際に司令官殿の二番機につけていただくと、北部戦線のエースが単に厳しいだけじゃなくて、どれだけの勇気と決断力があるか、仲間思いの熱さと気迫、攻撃の見極めに対する冷静さがあるかがわかりました」

ニーマンの声が浮かれている。それだけで、この若者がどれほど北部戦線のエースに心酔しているのかわかる。

「まぁなぁ、あの人は文字どおりのエースだよ」

「司令官殿が北部戦線を守るエースパイロットっていうのは、伊達《だて》じゃない。旧貴族じゃなくとも、あの顔がなくとも、多分、あの人のあの気性なら、司令官は俺達にとっては絶対的なエースパイロットだよ」

「顔は綺麗で品もよくて、普段は素っ気ないようにも見えるけれど、中身は熱い人だ。一緒に飛べばわかる」

次々に同意が続く。

「しかも、あの人は敵さんにもフェアな人だ。俺は何よりもあれがすごいと思う。敵機に致命弾を与えたあとに、被弾機と並行して飛びながら、風防越しに向こうのパイロットに対して脱出するように合図してたんだ。あんな器の大きな人間っているんだな。本当に神がかってるよ」

「なぁ、あれがエースってもんなんだろうな」

エーリヒが敵に脱出を促したところを見たというパイロット達は、しみじみと呟く。アルフレートも、実際にその場に居合わせ、敵パイロットに対してもなんとかギリギリまで命を救おうとしたエーリヒを見た。

それこそがエーリヒが部下達に深く敬愛され、信頼される理由でもある。エーリヒはそういう人となりだ。アルフレートは、それをよく知っている。

エースの損失を恐れて国に後方勤務を命ぜられても、エーリヒは前線にあって祖国を守りたいと、それを断り続けていた。

エーリヒがそうして前線に居続けるがために、アルフレートもやはり撃墜数が百を超えても、同じように前線にいる。

中身が熱いというのには、アルフレートも同感だ。普段は静かで表情薄く振る舞っているが、飛んでいる時にはいったいどんな表情をしてるのだろうと考えることがある。

「今の編隊を二分割する戦法は、司令官殿が考案したんだ。撃墜成績を誇って自分の撃墜数だけを伸ばすことよりも、仲間の飛行編隊そのものの戦力を温存しながら敵をたたくことをあの人は選んだ」

「おかげでいまだにN連邦は北部戦線では手も足も出ない。北部戦線の守護者っていう通り名も、同じ飛行部隊にいる人間から見れば至極もっともなものだ」

部下からのエーリヒに対する誇らしげな賞賛が続くのは悪いことではないだろうと、アルフレートは目立たぬようにその場を静かに離れる。

実際、エーリヒは編隊を二分割し、第一隊が攻撃を加えている時に、残っている第二隊は上空に待機し援護役にまわる戦略を考案した。

第一隊が敵機集団への奇襲を終えて上空に戻って

きたら、第二隊が続いて攻撃を仕掛けるというこの案は、二つの編隊を交互に攻撃させることで、効果的に敵機集団を撃破する作戦だった。守備と攻撃を同時に行うので戦果は高いが、編隊としての練度が要求される。しかし、それに異を唱える者は誰もいない。

空軍士官学校をトップの成績で卒業したエーリヒには、単独でドッグファイトを行っても十分に勝ち抜ける実力がある。にもかかわらずエーリヒは何よりも僚機を守り、味方全体で撃墜数を上げることに注力していると、誰もが理解しているからだろう。

事実、エーリヒのいるこの北部第三飛行連隊は他の隊に比べて、パイロットの戦果と帰還率が飛び抜けて高い。

エーリヒに従い、北部戦線で戦った飛行士達は、エーリヒがどれだけ僚友機を大切にし、部下をよく守ったか知っている。エーリヒの率いた部隊の戦果の大きさ、統率力、帰還率の高さは、北部戦線のみならず、全帝国空軍の知るところだった。

エーリヒの戦術が知れてからは、北部を守る北部戦闘航空団だけでなく、東部戦線でも帝国空軍はこの集団による一撃離脱戦法を採用する隊が増えたという。

ただ、各飛行部隊の帰還率が違うのは、やはり飛行隊の練度や仲間に対する信頼度によるものだ。

とにかく敵を叩《たた》き、誰よりも自分の撃墜数を伸ばしたいというパイロットがひとりでも編隊にいれば、この戦術は成り立たない。エースパイロットがいる編隊ほど、この戦術には向いていないことを考えると、普段は周囲に対して冷淡にも見えるようなエーリヒが、どれだけ自分の撃墜数よりも僚機を大事にしているかわかるというものだ。

一年前にアルフレートが中隊長へと昇進し、エーリヒの司令補佐官となった今も、依然としてあの少年の日の夏に感じたエーリヒへの崇敬の念は消えない。

かつてエーリヒが自分の命を賭してアルフレートを救ったことをまったく口にしなくとも、自分はあの日の恩をけして忘れはしない。

アルフレートの故郷であるヴァーレンは、山と森に囲まれた美しい町並みを持つ大きめの村で、古くから温泉のある保養地として名の知られた場所だった。

とりわけ、旧ハイリゲンヴァルトの王侯貴族が温泉保養地として愛用するようになってからは、宮殿並みに立派なクアハウスがいくつか造られ、周辺国からも王侯貴族がやってくるようになった。

そのヴァーレンを所領地として治めるシェーンブルク家は、村の外れに夏の避暑地としての別荘を持っており、夏毎に一家そろってやってくるのが長く慣《なら》わしとなっていた。

貴族制度が廃止されたあとも、村人達のシェーンブルク家への敬意は変わらず続いていた。しかし、その敬意ゆえに、同じ年頃のエーリヒを遠く見かけることはあっても、親しく話したことは一度もなかった。

旧ハイリゲンヴァルト王国の中でシェーンブルク家の地位はそれだけ高く、たとえ貴族制度が廃止されても馴れ馴れしく口をきくことなど誰も考えもしなかったためだ。

あの事件があったのは、アルフレートが十二歳の時だった。初めてエーリヒの人となりを、直接に知った日だ。

あの日、学校が夏期休暇に入っていたアルフレートは、祖父から隣町の知人への届け物を託された。

行きは街道に沿って隣町に向かうという荷車に頼み、乗せてもらって無事に祖父の用件を終えた。

帰りは街道沿いに歩かず、十分ほどの近道となる林の中を通った。

よく手入れのされた、見通しのいい明るい林だった。街道沿いに歩くよりも早く隣町へと着けるため、昼中は通る者もそれなりにいる。

落ち葉の降り積もった林や森特有の湿ったような黒っぽい道が続く中、一部、温泉の源泉ともなる湯気の立つ箇所がいくつかある。そこは決まって足の深く沈み込む泥炭地なので、村人らの手によって木の通路を渡してあった。

泥に足を取られると、底なし沼のように深く沈んでしまうことがあるから気をつけろと幼い頃から言い聞かされていた。

――黒い森の泥の沼には気をおつけ、エルマ、沼の悪魔がお前を底へとさらってしまう――

そんな古いわらべ歌もある。

それはこのヴァーレンの林を歌ったものではないという話だったが、昔は何人かそこで命を落とした者もいると言い伝えられていた。

しかし、アルフレートにとっては子供の頃からよく友人らと遊び、使い慣れた道でもある。気候のいい季節になると、林の奥の小川に友人と一緒に釣りや水遊びに行くこともあった。

よく晴れた日で、木漏れ日に照らされた林の中の小道はうっすらと下の方に靄《もや》がかかっていたが、歩いていても気持ちよかった。

明日は家の手伝いを早めにすませて友人のヴォルターやクルトを誘い、水辺で泳げばきっと楽しいに違いないなどと考えながら、口笛を吹きつつ歩いていた。

村に近づき、シェーンブルク家の敷地の裏手、その白い石造りの別荘が見える箇所に差しかかった時のことだった。

アルフレートがその美しい建物とよく手入れされた庭を眺めながら何気なく歩いていると、いきなり足許で鈍い音がして、ふいに身体が下から跳ね上げられた。

次の瞬間、アルフレートの身体は投げ出され、一気に腰まで泥の中へと沈んでいた。

とっさに手を伸ばし、側にあった折れた板切れをかろうじてつかむ。

ヌルリと苔《こけ》の生えた板が手の中で滑るのに、アルフレートは思わず声を上げた。

——腐ってる…!?

板切れは土中に埋め込まれた木杭《きくい》ごと、泥の中に浮いていた。湿地部分が広がったのか、それとも打ち込まれていた木杭が腐っているのか。

また、ズルリと身体が下へ沈む。焦って足を動かしたが、泥をかき混ぜる感触があるばかりで、何も踏みこたえられるものがない。むしろ、下の方ほど水に近い、ゾッとするような感触があるばかりだった。

湿地部分の木の板は温泉の湯気と湿度とで腐りやすいため、三年に一度掛け替えるのだと父親が話しているのを聞いたことはあったが、あまり気にかけたことはなかった。多少、木切れがぬめりやすくなっていても、緑色に苔むしていても、必ず大人達が目を光らせ、小道の板を掛け替えてくれると信じていた。

「誰か！」

なんとか腕を伸ばし、もう少し先の板をつかもうとしても、逆にずるずると沈んでゆく身体に、アルフレートは叫んだ。

下手な動きをすると逆に反動で沈むのだとわかっていても、もがかずにはいられなかった。じっとしていればやがて身体の浮く水の中とは、わけが違う。

「助けて！　誰か！」

今なら間に合う、まだ、今、誰かが通りかかれば……、そう思って首を必死に反らせ、少し靄のかかった林の中の小道を振り返る。

木漏れ日に照らされた静かな小道は、しんと静まりかえっている。

――黒い森の泥の沼には気をおつけ、エルマ――

かつて何の気なしに歌ったことのある歌詞が、頭の中にフッと浮かんだ。

「誰か！」

ぬめる木切れをつかむ手の中で、ささくれた木の端が脆《もろ》く崩れた。

「うわっ！」

ゾッとするようなその感触に叫ぶと、かすかな軽い足音がした。

その時、なぜかアルフレートは時折、林や森の中で見かける子鹿の足音を思った。

「…大丈夫？」

まだ幼い甘さのある声に、青ざめ、冷や汗を浮かべたアルフレートは、これ以上バランスを崩さないようにそろそろと首を後ろへ巡らせる。

そこには、半袖シャツにサマーウールの半ズボンを身につけた、ほっそりとした少年が立っていた。

「シェーンブルクの…」

夏になると、何度となく教会やその周辺で見かけたことのある数歳下の金髪の少年だ。

だが、次の瞬間、アルフレートは我に返った。

「近づくな！　木杭と板が腐ってる！」

「腐ってる？」

エーリヒは眉を寄せ、わずかに首をかしげる。

「どこまで腐食してるのかわからないから、こっちへ寄るな！」

この細身の少年まで巻き込むわけにはいかないと、アルフレートは叫んだ。

「頼む、誰か…、誰か大人を呼んできてくれ」

焦って村の方を指し示すアルフレートの身体が、
また、ズッ…と下へと沈んだ。

腹部から、胸許まで一気に泥の中に埋まり込み、
顔から血の気が引く。

今の動きで何かまずい箇所に足を突っ込んだらしく、身体はずるずると周囲の泥を巻き込み、抵抗もほとんどなく沈んでゆく。

「でも、君が沈む」

そう言って、エーリヒはそうっと残った通路の上を歩いてくる。

「寄るな、若様。あんたまで巻き込めないから！」

アルフレートは恐怖に叫んだ。

だが、大人を呼びに走ってもらっても、きっと、この沈み方では間に合わない。

自分はここでみっともなく命を落とし、あのゾッとするようなわらべ歌に名前を連ねるのかもしれない。

エーリヒは通路の上をそろそろと慎重に歩きながら、シャツの上につけていた革製のサスペンダーを外した。

「沈むぞ、あんたまで…」

アルフレートはエーリヒの意図を察し、その信じられないような勇気と蛮行に顔を引き攣《つ》らせる。

エーリヒはものも言わずにそっと板の上にしゃがむと、手探りで板の強度を確かめながら少しずつ姿勢を変え、腹ばいになった。

その見た目以上の慎重さと理性に、わずかばかりの儚《はかな》い期待が生まれる。

エーリヒは残った板を支える木杭に手をかけ、つかんだ革製のサスペンダーを手首に二度ほど巻くと、さっきまでの慎重さとは裏腹の機敏さで、サスペンダーの先端をアルフレートの方へとさっと投げた。

「つかめ！」

ちょうど手許あたりに正確に飛ばされたサスペンダーを、アルフレートはとっさにつかむ。

「そのまま、…なるべく動かないで」

初めて近くでまともに見た少年の顔立ちは、髪が少し額に落ちかかっていたが、信じられないほどに整ったものだった。

ちょうど木漏れ日が髪の上にあたり、今の抜き差しならない状況とは裏腹に、キラキラと美しく煌《きら》めいている。

「…引っ張ってみる」

顔や服が泥に汚れるのもかまわず、エーリヒは少しずつサスペンダーをたぐろうとする。

しかし、まだ華奢で細身のエーリヒに、アルフレートを引っ張り上げるだけの力がないことは一目瞭然だった。

板の上で逆にアルフレートの方へと身体が少し引きずられ、エーリヒは慌てて木杭をつかみ直す。

「君は体格がいいんだな。僕の力では、引っ張り上げるのは無理だと思う」

学校でもかなり長身の部類に入るアルフレートは、老成したエーリヒの言い分にかすかに笑った。

今、この状況で笑えるのは、落ち着いて勇敢なエーリヒの存在あってこそだった。

「でも、誰か通りかかれば…、そして、僕と二人がかりなら、なんとか君を助けられると思う」

この状況においても、エーリヒはほとんど赤の他人ともいえるアルフレートを救うことをこれっぽっちも諦めていない。

それが何よりも意外で、同時に何よりも心強かった。

「僕はエーリヒだ」

少年はこんな状況にもかかわらず、慇懃《いんぎん》に名乗った。

「知ってます、シェーンブルク家の若様だ」

アルフレートが言うと、エーリヒはそれを鼻にかけた様子もなく、重々しく頷いた。

「エーリヒ・ヴィクトル・フォン・シェーンブルク。君は？」

尋ねかけられ、アルフレートは礼儀正しい少年に真面目に応えた。

「アルフレート・ミューラーです、若様」

子供ながらにどこまでも毅然《きぜん》と振る舞う少年に対しては、やはり自分も丁寧に答えなければならないと、子供心に思った。

「エーリヒでいい。たいして歳も変わらないのに、若様と呼ばれると落ち着かない」

そう言ったあと、エーリヒはつけ足した。

「僕は十歳だ。君は？　きっと、僕よりは歳上だな」

「十二歳になります。若様…、いえ、エーリヒ」

アルフレートの返事に、エーリヒは満足したようだった。ひとつ頷く。


そして、林の中を振り返り、低く口笛を吹いた。

「ブリッツ！　ブリッツ、来い！」

誰を呼ぶのだろうとアルフレートが首を巡らせると、やがてがっちりした鉄灰《てっかいしょく》色のグレートデーンが姿を現した。

嬉しそうに尻尾を振りながらやってくる大型犬に、エーリヒは腹ばいになったまま、止まれ、と命じた。

驚いたことに、犬は自分よりも小柄な子供の命令に従い、命じられた場所で尻尾を振りながらもぴたりと止まる。

「ブリッツ、家に戻れ。ホーファーか誰かを呼んでこい」

犬は小さく首をかしげ、エーリヒの命令を聞いている。

「家に戻れ、誰か呼んでくるんだ」

エーリヒが辛抱強くゆっくりと三度ほど繰り返すと、大型犬は何度も後ろを振り返りながら屋敷の庭の方へと向かった。

犬がはたしてそこまで細かな指示を理解できるのかと思いながらも、アルフレートはやがて響いてきた大きな犬の吠え声に驚いた。

この声の大きさ、静けさを破って鳴き立てる吠え声は、間違いなくさっきの犬のものだろう。別荘の裏手で派手に吠えていれば、誰か屋敷の者が気づくと思ってのことだろうか。

「ブリッツは利口なんだ」

エーリリヒはアルフレートに向かって、重々しく言う。その生真面目な口調は、完全にさっきの犬を信頼しているようだった。

「それにブリッツがこの橋を渡ってきたら、きっとどこかを踏み抜く。七〇キロほどあるから」

思いもしないエーリリヒの軽口に、アルフレートは顔を強張《こわば》らせながらも微笑《ほほえ》んだ。

そんなエーリリヒの額に、びっしょりと汗が浮いている。頬《ほお》のあたりは、いつのまにか飛んだ泥で汚れていた。

だが、エーリリヒはそれを拭おうとする様子も見せない。つかまった木杭から手を離せば危険だと思ってのことらしい。

しかし、この華奢な手でアルフレートを引っ張り続けるのは、どれほどの苦行だろう。

少年の手には革のサスペンダーが強く食い込み、真っ赤になっていた。

通りがかっただけのこの歳下の少年が、全力でアルフレートを救おうとしていることがわかる。

「…ありがとう」

アルフレートの感謝をこめた呟きに、エーリリヒは小さく笑う。

「大丈夫だ、すぐに誰か来る。絶対に」

エーリリヒはアルフレートを励ますように言い続ける。それは、まるで自分に言い聞かせるようでもあった。

犬の吠え声で、それから間もなく庭師と馬丁がやってきた。

「坊ちゃま、エーリヒ坊ちゃま、なんてこった！」

「おい、ベルトを寄越せ！　坊ちゃま、動かないでくださいよ。今すぐ助けますからね」

「これで。そうだ、お前さん、このベルトをもう片方の手でつかめ」

口々に叫ぶ大人達の声に、アルフレートは涙が出てきそうなほどにほっとした。

「さぁ、いいぞ。ゆっくり引け、そうだ、引け」

差し伸べられた大人達の手に、泥まみれのまま無我夢中ですがりつき、引き上げてもらった。

全身泥まみれになった身体を屋敷で洗ってもらい、家まで使いを出してもらったことは覚えているが、そのあとの経緯は、もうあまり記憶にない。

覚えているのは、助け上げられたあとに見たエーリヒが、自分同様に泥だらけな上、シャツや髪まで汗でびっしょり濡《ぬ》れていたことだった。

助け上げられたアルフレートを見つめる少年は、何も言わなかった。

助かってよかったとも、助けてやったのだとも言わなかった。

ただ、アルフレートをつなぎ止めることに全力を出し尽くしたらしく、地面に座り込んだまま、肩で大きく息をしていた。しばらくは立ち上がることもできないのか、ただ青い瞳がアルフレートを捉えていた。

あの時、自分まで巻き込まれることになるかもしれなかったのに、アルフレートを救うことに躊躇《ちゅうちょ》しなかったエーリヒの勇気と気骨は、今も胸の奥に強く刻み込まれている。

二つも歳下であるにもかかわらず、アルフレートよりもはるかに小柄で華奢であったにもかかわらず、そして、さして面識もなかった相手を――アルフレートは旧所領家の一員であるエーリヒの顔を知っていたが、エーリヒがアルフレートを認識していたとはとても思えない状態でも、命を賭してまで救おうとしたあのまっすぐで頑《かたく》なまでの高潔さを、以来、片時も忘れたことはない。

その後、あらためて祖父や父と連れ立って別荘まで礼に行ったものの、エーリヒとはそれ以降、特別に親しくなったわけではない。

もともと、家柄に大きく差があった。

向こうは旧貴族とはいえ、いまだに資産も多い名家で、アルフレートの方は一介の郵便局員の息子だった。夏だけやってくる少年とは一年のうちでも会う機会は少ないし、ましてや、話す機会などないに等しかった。

だが、時折、自分達が学校から帰る時、あるいは友人達と遊んでいる時、エーリヒの方で足を止めて自分を見ていることがあった。

そんな時には心が通じ合ったような気がして、必ずアルフレートはエーリヒを見つめ返し、感謝をこめて黙って会釈した。エーリヒの方からも、やはり小さな会釈が返ってきた。

互いに成長していっても、ずっとそんな関係は変わらなかった。

成人してからしばらくは、夏になってもエーリヒの姿を見かけることはなくなったが、一度も忘れたことはなかった。

そのうち、エーリヒが別荘を訪れなくなったのは、空軍士官学校で訓練を積んでいるためで、そこで優秀な成績を収めているのだと聞き、自分も当然のように士官学校を志願した。

大人になり、あの夏が遠ざかっても、今も子供の頃からの言葉にできない関係は続いていると、アルフレートは解釈している。

あの夏以来、自分はエーリヒに心の中で固く忠誠を誓っている。

命を救われたあの夏の日以来…。

子供時代とは異なり、同じ隊で身近に言葉を交わすようになっても、おいそれとは人を寄せつけないエーリヒの独特の佇まいは子供の頃から変わらない。

それゆえに、手を伸ばしてもけして届かないものに焦がれ続ける自分を、常に意識している。

きっと、それでいいのだと、アルフレートは士官帽をかぶりながら思った。

エーリヒという人間は、周囲に対して胸の内をほとんど吐露しない。

代々、シェーンブルク家の人間は、所領地の住民に対しては静かに厳かに、見下すことなく振る舞ってきたのだと、子供の頃にアルフレートは祖父から聞いた。

統治するべく生まれた者は、感情にまかせてみだりに動いてはならない。やみくもに胸の内を態度に表してはならない——エーリヒも、子供の頃よりそう躾《しつ》けられたのだろう。

親しい家族に対しては違うのかもしれないが、この基地内では部下に慕われながらも、常に周囲に対してどこか一線を引いている。

酒場には足を向けず、特定の女性とも親密にならない。

アルフレートが知らないだけかもしれないが、過度なまでに親密な友人関係や色恋沙汰とは、淡々と距離を置いているように見える。まるで俗気を絶ち、禁欲を宗《むね》とする聖騎士のように。

だが、それでいいのだとアルフレートは思っていた。エーリヒが部下や上司に必要以上に親しく迎合することなど、考えられない。

むしろ、そうして手の届かない孤高の存在であることを、周囲の誰もが望んでいるように思えた。

『女王』などと呼びならわされるのも、『王』よりもさらに容易には手を伸ばせない、北方の気高く神がかった高潔な存在であってほしいという周囲の願いの表れなのかもしれない。

「ミューラー中尉」

官舎から出てきたエーリヒが、書類ばさみを手にアルフレートを招く。

アルフレートは短く返事をすると、エーリヒのもとへと足早に向かった。

Ⅲ

朝、顔を洗ったエーリヒは、朝日の差し込む部屋の中で櫛《くし》を使い、前髪を整える。

鏡の中には、色素の薄い青い目を持つ顔が映っていた。身につけたシャツは普段の空軍の淡いブルーのシャツとは異なり、白だった。

エーリヒはレジメンタルタイの襟許を整えながら振り返り、ハンガーに掛けられた軍服にではなく、ベッドの上に置いていたグレーのVネックのニットに袖を通す。

そして、そのまま士官用の食堂へと向かった。

「おはようございます」

食堂の手前で、こちらに気づいたアルフレートが挨拶してくる。そのアルフレートも、今日は淡いグレーのシャツに濃紺のニットという日常着だった。ネクタイはない。

「おはよう」

エーリヒは先日のプロパガンダフィルムへの出演の褒美として、二日間の特別休暇を与えられた。

エーリヒが休むのに伴い、エーリヒのいる編隊そのものが休暇を与えられたが、防衛上、編隊の休暇は一日のみとなるため、結局、エーリヒ自身も今日一日だけの休暇を選んだ。

いつものように同じテーブルに着きながら、朝食用のコーヒーをアルフレートがポットから二人分入れてくれる。朝食のプレートが運ばれてくるまでの間、エーリヒはアルフレートを見た。

「中尉、今日の予定は？　どこかに出かけるのか？」

アルフレートは苦笑する。

「いえ、休暇も急な話でしたので、実家に戻るフリッツェ曹長の犬を代わりに散歩させてやろうかと。それぐらいです」

エーリヒは唇の両端を上げる。

「それはいい休暇だな。あの犬は、『太っちょ《モッペル》』だったか？」

「ええ、モッペルです」

いつのまにか基地に居ついた中型の茶色い雑種犬は、皆に少しずつハムやチーズをもらえるためによく太っていた。皆に『太っちょ《モッペル》』と呼ばれるようになり、今はその雑種が一番懐いた曹長が飼い主となっている。

こんなに太っていては短命になると軍医に指摘されてから、かなりの運動と食事制限が課せられ、ほどよく体重も落としたが、モッペルの名前は定着したままで今に至る。

「車を借りて、少し遠出してやろうかと思ったのですが…、中佐のご予定は？」

「何も。実家に帰ろうにも、今日一日では無理だし。本でも読んで…、気が向けばヴァイオリンの手入れでもしようかと」

あまりパッとしない休暇だと肩をすくめると、アルフレートはしばらく思案顔を見せたあと、控えめに尋ねてくる。

「よろしければ中佐も一緒においでになりませんか？　今日はずいぶんいい天気ですし、ピクニックついでに読書はいかがです？」

思いもしない誘いに、エーリヒはよく晴れた窓の外へと目をやりながら苦笑した。

「もし、外に持ち出すことに抵抗がなければ、ヴァイオリンも悪くないと思います」

アルフレートにどうかと誘いかけられたのは初めてだ。この晴れた日に車を借りて犬と遠出という言葉に、自分は相当にうらやましそうな顔をしていたとみえる。

「ああ、モッペルの邪魔にならないなら」

「きっと、喜びます」

アルフレートは嬉しそうに笑った。目の前に置かれた皿に手を伸ばしながら、エーリヒもつられて微笑む。

スライスした黒パンとたっぷりのハムにチーズ、まだ硬めのフルーツが盛られた朝食のプレートは、今からの予定のせいかいつもよりもかなり美味《うま》そうに見える。

「君の邪魔には？」

それなりに長いつきあいだが、オフまで一緒に出かけるのは初めてだった。休暇まで束縛するのは、申し訳ないと思っていた。それでいいのかと尋ねたつもりだったが、思っていた以上に男の返事は屈託ないものだった。

「休日ですよ？　むしろ、中佐に息抜きをしていただきたくて、お誘いしました。どこかで昼食用のパンとハムでも仕入れていきましょう」

硬くて酸味の強いリンゴをフォークで刺したエーリヒは、唇に指の背を押しあてる。

「それなら、フルーツも。これよりも、もう少し熟れた物がいい」

「あとは熱いコーヒーとクッキーですね」

「軽食にケーキも欲しいな」

まるで友人とピクニックにでも出かけるような、これまでにない気安さで相談しながら、二人は朝食をすませた。

現金なもので、予定が決まってしまうとわずか一日の休暇を無駄に過ごすのが惜しく思える。

兵舎の車を借り受けてくると請け合うアルフレートに、エーリヒは一度部屋に戻り、数冊の本とヴァイオリンを用意すると薄手のコートを羽織る。

士官用宿舎を出ると、アルフレートは敷布代わりのブランケット数枚とタオルの他に、おそらくコーヒーを入れた魔法瓶やピクニック用の食器一式の詰まったバスケットを車に積み込んでいるところだった。慣れているのか、準備の手際がいい。

その足許に垂れ耳のモッペルが嬉しげにまとわりついている。

「食堂でスープも少しもらってきました」

アルフレートは最後にモッペルを抱えて後部座席に乗せてやりながら、小さい方の魔法瓶を掲げてみせる。

「気が利いてる。この時期、温かいスープはありがたい」

エーリヒはアルフレートに促され、助手席に乗り込む。男は基地近くの食料品店へと車をまわした。

「パンやフルーツを調達します」

「私も行こう」

支払いもあるだろうから、と車を降りようとすると、アルフレートが止める。

「モッペルがいるので、車に一緒にいてやってください。曹長も実家に帰っているので、今、極端に寂しがりなんです」

アルフレートの指摘に、エーリヒは振り返る。確かに置いていかれると思ってか、モッペルは後部座席から身を乗り出し、盛んに鼻を鳴らしていた。

「わかった、ここにいるよ。大丈夫だ、置いてきぼりにはしない」

人懐っこい犬は頭を撫《な》でようと伸ばしたエーリヒの手を、せっせと舐《な》める。エーリヒは実家で飼っていた犬を思い出しながら、店の中に入って注文している男の端整な横顔をウィンドウ越しに見た。

エーリヒはモッペルの耳の後ろを撫でてやりながら、犬に話しかける。

「ピクニックなんて久しぶりだ。家族以外の相手と行くのは、これが初めてかもしれないな」

寄宿学校時代に行事としてはあったが、気安い相手と連れ立ってゆくのはこれが初めてだった。

本来、ピクニックとは家族や親しい友人と行くものだと思っている。最初、それもあって遠慮したが、アルフレートは基地の中では一番気心が知れた相手だ。プライベートで一緒に出かけるのは初めてだが、モッペルの存在もあってすでにかなり楽しい気分だった。

男はしばらくして、ひと抱えの紙袋を抱えて出てきた。思ったよりも買い込んでいる。

「ずいぶん、買い込んだな」

「ええ、黒パンとケーキ、よく熟れたプラムに梨、クッキーを」

アルフレートは後部座席に紙袋を入れながら応える。

「それにチーズとソーセージも少々」

悪戯《いたずら》っぽい笑みを見せたアルフレートに、エーリヒは目を細めた。

「調理でもする気か？」

「もちろん、最初に携帯用ストーブと固形燃料も入れましたよ」

楽しげなアルフレートの言い分にエーリヒも笑った。かなり本気で今日のピクニックを満喫する気なのだとわかる。

それに休暇中だと思っているせいか、いつもよりもはるかにアルフレートの表情がよく動く。気分的にくつろいでいるのだろうか。

そういえば、村のメインストリートでアルフレートが友人達といるのを見かけた時には、仲間とずいぶん楽しそうに笑っていることもあった。子供の頃の自分はそれをどこかうらやましいような、その輪中に一緒に交じりたいような複雑な気持ちで見ていたこともある。

普段から始終、周囲と冗談や軽口をたたいているタイプではないが、この男となら今日のようにプライベートでも楽しく過ごせそうだった。

「車内でどうぞ」

手渡されたのはキャラメルの箱だった。

「悪くないな。私は煙草を吸わないから、ありがたい」

エーリリヒは箱から取り出したキャラメルをひとつ、まずはアルフレートに手渡してやる。

「どこまで行く？」

「そうですね、いつも上から見ているだけのジェッカ湖とかはいかがです？」

そこに地図があると指さすアルフレートに応じ、エーリリヒは助手席のサイドポケットに差し込まれた地図を取り出す。

「上からのルートはわかるんだがな」

「私もです。水辺が少し開けていて、いい場所ですよね」

「上を迎撃組が飛んでいくのが見えるかもしれないが」

「休暇気分が台無しになりますかね？」

アルフレートの言い分に、エーリリヒは笑いながら肩をすくめる。エーリリヒの隊が出撃しない分、今日は近隣のC２基地からカバーに入るという。無事にいてくれればいいが…などと考えるから、おちおち休暇も取れないのだろう。

「いい天気だ」

キャラメルを口に放り込んだエーリリヒはモッペルのために少し窓を開け、地図に目を落とす。

「少し迂回《うかい》はするが、ドライブにもちょうどいい。のんびり行けば、一時間ぐらいで着くかな?」

車が走り出すと、気持ちいい風が入り込む。エーリヒは青空に浮かぶ雲と、濃い緑の山の連なりを眺めた。牧歌的な雰囲気の村をいくつか過ぎて、ジェツカ湖の湖畔に着いた時にはちょうど一時間ほどが経《た》っていた。

釣りにでも使うのか湖沿いに素朴な小屋があり、ボートが置かれていたが、今は無人のようだった。アルフレートはその小屋からさほど離れていないところに車を停《と》める。

「夏場は泳ぐこともできるらしいですが」

車から荷物を下ろすと、男は眺めと風通しのよい場所に敷布を広げた。

澄んだ水が青く煌めいていて、エーリヒの実家のある湖畔を思い起こさせる。

天気はよく空は抜けるような透明感を持ち、少し寒いぐらいの冴《さ》え冴《ざ》えとした空気と陽射しに、周囲の森の様子もやはりどこか青みを帯びて見える。

これこそが、エーリヒの育った北部の美しい眺めだった。見ているとそれだけで気分が安らぐ。

「泳ぎたいなら、泳いでくれてもいいが、少し寒いだろうな」

エーリヒも敷布を広げるのを手伝っていると、かまってほしくて仕方のないモッペルがせっせと敷布の上に乗っかりにくる。

「お前は本当に頭がいいな」

こういった愛嬌《あいきょう》が皆に愛されているのかと、エーリヒが敷布の片端を持ち上げると、アルフレートがもう片方を持ち上げて笑いながら揺らす。ハンモック状態で嬉しそうに転がり、お腹《なか》を見せる犬に苦笑しながら、しばらく二人でモッペルにハンモックを堪能させてやる。

「さぁ、そろそろ軽食の準備をさせてくれ」

アルフレートがひょいと敷布をひっくり返し、犬を下ろす。紙袋からクッキーの箱を取り出したアルフレートの足許に、モッペルはさらにじゃれつく。

エーリヒはバスケットを開け、中から布にくるまれたカップを取り出した。そのカップにコーヒーを注いで渡してやると、アルフレートがコーヒーを含みながら嬉しげに目を細めた。

「こんなに静かな場所でゆっくりするのは、久しぶりです」

「いくつか本を持ってきた。気に入ったのがあれば、好きに読んでくれ」

「かまいませんか？」

アルフレートはモッペルにクッキーの欠片《かけら》をやると、エーリヒの置いた本へと手を伸ばす。

エーリヒはそのかたわらで身体を伸ばし、片肘を枕に空を仰いだ。

「いい日だな、とても贅沢な気分だ」

高い空に薄く流れる雲を見ていると、アルフレートがブランケットを身体の上に広げてくれる。

「そこに昼寝がつくと、最高ですね」

「本当だ」

あまり人前で寝たことはないが、今なら、まどろめそうだとエーリヒは実家に近い環境に軽く目を閉ざす。

湖の水が湖岸にゆるく打ち寄せる音、アルフレートがモッペルとボールで遊んでいる声を聞いていると、少し意識が遠くなった。

ふと気づくと、肉と油の焼けるいい匂いがする。

「中佐、起きられますか？」

声と共に軽く揺さぶられ、エーリヒは目を開ける。思いもしないほど近くに男の顔があり、少し驚いた。大きく目を見開いたエーリヒに、起こしたアルフレートの方も驚いたようだった。

一瞬、エーリヒは間近で見た緑色の目の深みに呑まれて見入る。この男の瞳の色をここまで近くで見たのは、初めてかもしれない。

　ずいぶんはっきりとした濃いグリーンなのだと、しばらくはその色味をまともに見つめてしまう。

「すみません、昼食用にソーセージを焼いたのですが、そろそろいい頃合いかと思って」

　手を差し伸べられ、エーリヒは目許をこすりながらその手につかまり、身を起こす。

「ああ、寝ていたのか…」

　呟きかけたエーリヒは、おかしくなって笑った。

「なんです？」

「いや、私が起きなければどうするつもりだったのかと思って」

「中佐の寝起きのいいのは知っているつもりなので、出来上がったところで起こそうかと。でも…、そうですね。ずっと寝入っていらっしゃったら、モッペルの分け前が増えるところでした」

　言いながら、エーリヒは簡易ストーブの上のアルミパンから、焼き上がったソーセージを皿に移す。

　すでにスライスした黒パンとチーズ、ハムが皿の上に載っていた。腕の時計に目を落とすと、すでに一時をまわっている。アルフレートも昼食の準備をはじめるはずだ。

「寝起きがいいという評価はありがたいが、これだけ準備してもらっている間もまったく気づかなかった私を、よくそこまで信頼できるな」

　アルフレートは笑み混じりの目で言った。

「疲れてらっしゃるのかと」

「疲れてるのかな？　さほどでもないと思っていたが…」

　気遣ってくれたらしき男のやさしさに感謝しながら、エーリヒは魔法瓶の中のスープをカップに注《つ》ぎ分ける。

　気づきもせずにずっと寝込んでいるなどと、自分は考えていた以上に、この男に気を許しているらしい。

「食事が終われば、ボートを出してみようと思っています。水の上から湖畔を見るのもいいかと思って。どうされますか？」

アルフレートに言われ、エーリヒは水面《みなも》へ視線を巡らせる。

どうするかと聞いてくれているのは、その間、本を読んでいても寝ていても、それこそヴァイオリンを弾いていてもいいというのだろう。

「私は湖畔育ちなのに、あまりボートはうまく漕《こ》げないんだが、一緒に乗っていても？」

「もちろんです。ボートは私が漕ぎますから」

切り分けたハムとソーセージをモッペルに与えながら、アルフレートは頷く。

「君は何でもこなせて器用そうだ」

エーリヒの呟きに、アルフレートは顔を上げる。

「常に私のフォローにまわってくれるから、時々、私のせいで完全には実力を発揮できていないのではないかと思う時がある」

「そんな風に考えたことはないですし、中佐の制空能力は飛び抜けています。時に目を奪われることがありますし、実際、私もよく助けていただいてます。それも何度となく助けていただいているのですが、覚えていらっしゃいますか？　むしろ、いつも命を預かっていただいている思いです。きっと、皆そうでしょう」

「そうだといいが」

涼しい顔で応えてくれるアルフレートに、甘やかされているような気になる。

この男の方が歳上だからだろうか。それとも、諭すようなこの穏やかな口調のせいだろうか。子供の頃から知っているため、気心も知れているという安《あん》堵《ど》もある。

士官学校の同期とは飲みに出かけることはあっても、こうして郊外にのんびり遊びに出たことはなかったから、何もかもが新鮮だった。

　アルフレートに昼食準備をしてもらった代わりに、エーリヒが梨とプラムを切り分けた。

　食後にコーヒーを飲み終えると、バケツに水を汲《く》んできて、二人で食器を洗い上げる。アルフレートはエーリヒに皿を洗わせることに恐縮したが、むしろ、そんなことまですべてアルフレートに押しつけたくはなかった。

　洗った食器をタオルの上に重ね終えると、小屋の横に伏せた形で置かれたボートを二人して湖の縁まで押してゆく。

　アルフレートはオールを手にボートに乗り込みながら、尻尾を振りながらも湖岸をうろうろしている犬を呼んだ。

「モッペル！」

　モッペルは首をかしげたあと、ボートに乗ったエーリヒとアルフレートの間に飛び乗ってくる。

「怖いのかな？」

「少し迷ってましたね。呼ばなければ、乗ってこなかったかもしれません」

　モッペルの首を抱いてやるエーリヒに、アルフレートはオールで岸を押し、ゆっくりと漕ぎ出した。それなりにボートには乗り慣れているようで、オールの動きこそ大きくゆったりと見えるが、着実に岸から離れてゆく。

　水の揺らぎと共に揺れるボートに乗っているのは心地よく、また、泳げないエーリヒにとっては、どことなく心許ない思いもある。

「飛行機に乗るよりも、何かあった時には助からない気がするのはどうしてだろう？」

「そうですか？」

　オールを使いながら、男は意外そうな顔を見せる。

「ああ、私が泳げないからかもしれない。飛行機はまだ、自分の手で飛ばせる」

水音を聞きながらエーリヒは身体を伸ばし、ゆっくりと後ろへと倒れてみる。

ボートの中から仰ぐ空は、不安定な揺れがあって陸の上で見る時とはまた少し違う。

「昔、まだ小さい時に、兄や従兄弟《いとこ》の水遊びに無理にひっついていって、溺《おぼ》れかけたんだ」

目の前を覆った、ただただ澄んで青い水と光の美しい煌めき。

立ち上がろうと慌ててもがく中、鼻や喉へと冷たい感触が急激に入り込んでくる。自分の口から吐き出された泡がその中を生き物のように形を変えながら水面へと向かっていた。

兄や従兄弟達が慌ててかけより、大量に水を飲んだエーリヒを抱き上げたこと、そのあとはむせてむせて鼻も喉も頭も痛くてたまらなかった記憶も共に蘇《よみがえ》る。

「死にかけたよ」

エーリヒはしばらくその状態で、高く青い空をよぎる白い雲を目で追う。

「海軍じゃなく、空軍を選んだのはそのためだ。水から一番遠い」

愚痴めかしたエーリヒの言い分に、アルフレートは苦笑する。

「水は全身の力を抜いてやれば、身体が浮きますからもしもの時には思い出してください」

「そうなのか？」

どんな感覚なのだろうと、エーリヒは空を仰いだまま、身体の力を抜いてみる。ボートの上で水音とオールの軋《きし》みを聞きながら揺れに身を任せるのは、これまで味わったことのない感覚だった。

だが、ボートの上でもそう簡単には、完全に力を抜ききることはできない。やはり水の上はどこか不安定で、根本的なところで恐怖がある。

「中佐、水の上は冷えますから」

さっきのようにアルフレートの手が、ブランケットを腹部に着せかけてくる。

モッペルがそのブランケットにまとわりつき、尻尾を振りながらエーリヒの上を跨《また》ぐ。

ボートの揺れに慣れてきてはしゃいでいるのか、右へ左へとボートの上を移動する犬にエーリヒは身を起こしながら声をかける。

「モッペル、あまりうろうろすると危ないから…」

抱きとめようとした瞬間、バランスを崩したのか、モッペルは大きな飛沫《しぶき》と共に水の中へと落ちた。

「モッペルッ！」

エーリヒは慌てて腕を伸ばすが、泳げないらしき犬は慌てふためいた様子でもがき、再度水の中に沈む。

泳げないエーリヒも、暴れながらボートから離れてしまう犬にとっさにどうしていいかわからずに、何とかすくい上げようと身を乗り出す。

「モッペル！」

その身体を抱きとめたのは、オールを置いた男の手だった。

「私が行きますから」

セーターを脱ぎ捨てたアルフレートがエーリヒを制し、そのまま水の中へと飛び込む。

必死の形相で浮いたり沈んだりを繰り返す犬のもとへと大きく水をかくと、男は長い腕の中にザッと犬を抱え込む。

「しーっ…、モッペル、暴れるな。大丈夫だ、もう大丈夫だ」

よーし、よし…、となだめながら犬を抱く男に、モッペルの方も顔を水の上に出すことができて安心したのか、ピスピスと盛んに鼻を鳴らした。

「すみません、中佐、担ぎ上げますので受け取ってもらえますか」

片腕で水をかき、モッペルを抱いたままボートの横へ来ると、アルフレートはモッペルの前脚をボートにかけさせる。

エーリヒは慌てて腕を出し、ずぶ濡れになった犬の身体を下から押し上げる男の腕から受け取る。

ブルブルッと全身を震わせて水を飛ばす犬のかたわらで、やはりずぶ濡れになったアルフレートに腕を差し出し、ボートに這《は》い上がるのを助ける。

「大丈夫か？」

「大丈夫です。モッペルを溺れさせたらフリッツェ曹長に申し訳が立たないので」

エーリヒがブランケットを差し出すのを受け取りながら、アルフレートはボートから身を乗り出し、濡れた髪を絞る。

「酷《ひど》いな、モッペル。お前のせいで、すっかりずぶ濡れだ」

アルフレートはぼやくと、何度も派手にブルブルと全身を震わせて水滴を飛ばしている犬をブランケットでくるんでやる。

「すみません、一度岸へ戻ります」

オールを手に取る男に、エーリヒも頷いた。

「ああ、君の服を乾かさないと」

水に飛び込む時にもオールを投げ出すことなく、ボートの上にきっちりと引き上げていた男の冷静さには感心する。

かたやエーリヒは、もともと水への不得手感のせいか、溺れるモッペルの姿に動揺してしまって役に立たなかったと、申し訳ない思いだった。

モッペルを包んだブランケットで拭いてやりながら、エーリヒは近づいてくる岸を振り返る。

「中佐まで濡れてしまいましたね。申し訳ないです」

セーターの袖とスラックスの膝が濡れた程度だったが、男は丁重に詫《わ》びた。

「これぐらいはかまわない。それより、君の方が風邪をひかないか心配だ」

「そこまで軟弱じゃありません」

早々に岸へとボートを寄せながら、アルフレートは悪戯めいた微笑を見せた。

「ならば、いい」

エーリヒも笑い返すと、岸に乗り上げたボートからモッペルを下ろしてやる。

「とにかく火を熾《おこ》さないと」

エーリヒは濡れたセーターを脱ぐと、さっきの小さな携帯用ストーブでは間に合わないと、火のつきそうな折れ枝や枯れ枝を急いで拾い集める。

アルフレートは集めた石の上にその枝を器用に組むと、丸めた紙ナプキンにマッチで火をつけ、手慣れた様子で火種を枝の下に差し入れた。

ほどなく枝に着火する中、アルフレートがシャツを脱ぐのを手伝い、エーリヒは水の滴る男のシャツを強く絞る。

その間にサスペンダーを下ろしたアルフレートはタオルで髪を拭う。エーリヒは車に残っていた毛布とタオルを下ろしてくると、アルフレートの肩に着せかけてやった。

熾した火の横に拾った枝を立て渡し、濡れたシャツをひっかけたエーリヒは、次に乾かす服を受け取ろうとアルフレートの方を振り向く。

服を脱ぎ捨てた男は腰にブランケットを巻き、タオルで腕や肩を拭っているところだった。

アルフレートが自分よりも体格のいいことは知っているが、直接にその引きしまった身体つきを見るのは初めてで、エーリヒは戸惑った。

夏場の兵舎や滑走路脇では上半身を脱いでうろうろする下級兵士は多いし、兵舎のシャワーは衝立《ついたて》で仕切られているだけだが、アルフレートは士官なだけにそう安易には服を脱がない。士官用宿舎はそれぞれの部屋に浴室があるため、シャワー室で顔を合わせることもない。

剝《む》き出しの身体の生々しい野性味と男性的な美しさを目《ま》の当たりにして、自分とは異なるしっかりした造形への感嘆とは別に、見てはいけないものを見てしまったような後ろめたさと気まずさを感じた。

アルフレートはエーリヒの視線に気づいたらしく、濡れ髪をかき上げると申し訳なさそうな顔を作った。

「すみません、お見苦しいところを…」

「いや、よくやってくれた。私は泳げないから、モッペルにどうしてやることもできなかった。逆に申し訳ない」

しばらくは記憶に残りそうなバランスのいい見事な裸体から故意に目を逸《そ》らすと、エーリヒは身体を打ち振って水分を飛ばしきっているモッペルを振り返った。

陸に上がって安心したのか、犬はあくびと共に大きく伸びをしている。

アルフレートは苦笑した。

「中佐をこんな時期に水の中へ飛び込ませたら、私の方こそ申し訳が立ちませんよ」

何でもないことのように言う男を、エーリヒは招いた。

「もっと火の側へ来てくれ。このスラックスは、絞ってしまっていいかな？　乾いた時に皺《しわ》になりそうだが…」

「帰ったらアイロンをかけますから、大丈夫ですよ。お気になさらず」

エーリヒができるだけ丁寧にスラックスを絞り、枝にかけている間に、アルフレートは濡れた下着などを自分で絞り、服の陰になるように干した。

「早くコーヒーを。身体を温めないと」

いくら晴れているからといっても、この気温だ。濡れた身体でいるのは辛《つら》かろうと、エーリヒはカップに残っていたコーヒーを注ぎ、アルフレートに手渡す。

とりあえず無事だったセーターを直《じか》に着て、腰には毛布を巻いたアルフレートは礼と共にコーヒーを口に含んだ。

エーリヒは自分のコートを男の肩に着せかけてやると、もう一枚の毛布にくるまって自分の濡れたセーターをしばらく火にあてて乾かす。

「コーヒーはもうないようですが、中佐は何か飲み物は？」

エーリヒは紙袋の脇に置かれていた赤ワインへと目を止める。

「ホットワインにでもするか」

エーリヒは残っていたプラムと梨を刻み、鍋にワインと共に入れて携帯用ストーブで火にかける。ほどよく温まったワインをコップに注ぎ分けた。

渡されたホットワインをひとくち口に含み、アルフレートは目を細める。

「これはいいですね。温まります」

「昔、風邪をひくと、これに蜂蜜をたっぷり入れたものを母が飲ませてくれたんだ。風邪には、身体を温めるのが一番だと」

「なるほど、ありがたいです」

それからしばらく、服が乾くまでの時間、ゆっくりとワインを味わいながら二人は焚《た》き火の側に座っていた。

肌に直接セーターを身につけたアルフレートは黒髪が額に落ちかかっているせいか、それともしっかりした太めの首筋が襟口から覗くせいなのか、いつもよりも男性的な色香があるような気がする。

でも、今、この場で安易にそう言ってしまうと軽口になりきらない気がして憚《はばか》られた。

エーリヒはすでに貴族でないとはいえ、旧家ゆえの体面もあるので不品行も許されない上、もともと性格的に同時並行で色々こなせるほどに器用ではない。

長兄のように家を継ぐ必要もなかったし、これまで社交の場で上品さや可憐《かれん》さ、あるいは女性らしさを持ち合わせた女性達を紹介されることはあっても、何か特別に心動かされることもなかった。

エーリヒの容姿に夢中なのだと紹介を請われることもあったが、そこで積極的に応えたいと思うほどに印象に残る相手はいなかった。

むしろ、そこで相手のために割く時間を任務などに振り当てられないかとどこかで考えてしまう。自分が恋愛自体をその程度にしか考えられないのなら、相手も不幸だ。

いつか時が来れば、あるいは何か特別に心惹かれる相手がいれば自分も変わるのだろうかと、深く考えてこなかったが…、とエーリヒは果物の甘みと酸味が入り混じったホットワインの湯気越しに、焚き火の炎とその向こうの湖の静かな眺めを見ていた。

熱心に身を入れる暇がなかった分、色恋沙汰には疎いので、今の自分の中の落ち着かない感覚をあえて掘り下げるのは危険に思えた。

法的には同性愛は厳罰を処される。それが軍人の場合は、階級をいっさい剝奪された上、収容所送りだった。

後ろめたい一過性の感覚を必要以上に突きつめて考えても、救いもない。

「今日は迎撃機はこの上を飛びませんでしたね」

パチパチと枝が爆《は》ぜる音に、アルフレートの低い声が重なる。

その声にエーリヒは我に返る。

「ああ…、C2基地からだと方向が違うのか、別の方向へ迎撃に向かっているのか」

エーリヒは眉を寄せた。自国が消耗戦となっているのが辛い。将校といえども、前線には確実な情報

は入ってこないが、今となってはどんな名将であっても現況を巻き返すことなどほぼ不可能に近いだろう。

グランツ帝国の皇帝であるハインリヒ四世は、もともと聡明《そうめい》な君主で国民からの支持も厚かった。それが先のサン・ルー共和国との戦争で負けて国土の三割を失ってから、人気に陰りが出はじめた。

サン・ルー共和国への賠償金で税金も上がり、鬱《うっ》積《せき》した国民の不満が、今のルドルフ・リンツ元首の台頭へとつながったともいえる。

当初、奪われた国土の奪還、回復と国力強化を過激ともいえる力強い演説で訴えたリンツは、人々の圧倒的な支持を受けて急速に力を伸ばした。その頃はまだエーリヒも幼なかったので、あまり詳しいことは覚えてないが、大量のビラやラジオから流れてくる簡潔でわかりやすいスローガンは、子供なりにはっきりと覚えている。

議会でおおいに座席数を得たリンツの次の手は、演説のための会場守備隊という名のもとに作った私兵部隊で他の政治勢力を脅かし、力尽くで排斥することだった。ちょうど、その頃にハインリヒ四世は脳梗塞で倒れ、政事の表舞台にあまり姿を見せなくなったことも、リンツの政事の私物化へとつながった。

やがて会場守備隊はリンツの党内警察組織となり、リンツの党が政権を得てからは一般警察組織もその勢力下に収め、今では護衛特殊部隊と名を変えてエーリヒらの所属する国防軍のさらに上層組織となっていた。

狡猾《こうかつ》な政治的プロパガンダと対抗勢力への武力的な粛清とで今の元首の地位にまで上り詰めたリンツは、軍事的戦略についてはまったくの素人だった。

現場での専門的なことは職業軍人に任せておけばよかったのに、自らの正当性にこだわるあまり、軍参謀部の意見を完全に無視して戦略的にはまったく意味のない地域の確保に固執したり、無駄な拠点死守命令を出したりして数々の帝国軍敗北の原因を作った。

また自分に大げさに迎合する政党幹部を勝手に軍の元帥に据え、帝国軍の形勢が不利になると、様々な作戦に直接介入するようになり、さらに情勢を悪化させた。

軍人は政事に口を出さないのが鉄則であるとはいえ、今、四方を敵に囲まれているグランツ帝国は、物資や燃料の不足が目立つようになってきていた。

このままでは、ただただエーリヒらの祖国は疲弊するばかりだ。

空軍に入る際、身を挺《てい》して国のための楯《たて》になると誓ったが、いつまで、この身や部下らを無為な戦いに晒《さら》し続けなければならないのだろうと、エーリヒは徐々に日の傾きつつある空を見上げる。

しばらくもの思いに耽《ふけ》っていたエーリヒをどう思ったのか、アルフレートはいつものようにじっと口を閉ざしていた。

擦り寄ってくるモッペルにふと我に返ったエーリヒは、黙って自分を見つめている男に気づく。

何も言わず、緑色の瞳をやわらげる男は、国の現状を憂えていたエーリヒのもの思いをすべて見通しているようだった。

「服が乾くまでの間、気晴らしになるかどうかわからないが、何かリクエストがあれば弾いてみよう」

濡れていたエーリヒのセーターの袖口はほとんど乾いていた。

この分なら、アルフレートの服が乾くまでそんなに時間もかからないだろうと、エーリヒは立ち上がる。

「かまいませんか？」

ヴァイオリンのケースを手に取るエーリヒに、アルフレートは嬉しそうな顔を見せる。

「たまに弾いていらっしゃる曲で、曲名は知らないのですがこんな旋律の…」

アルフレートはいくらかさびの旋律を歌ってみせる。エーリヒはその低い声が思っていた以上に見事に響くことに心惹かれた。

「『ロマンス』の第二番だ。それにしても、いい声だな。ハルクマン少尉の甘さとは違うが、低くよく響いていい。まさにロマンスを語るのにふさわしいような…」

「勘弁してください」

アルフレートは苦笑する。

「本当だ。その声で甘い言葉をささやけば、『黒髪のハンサムな中尉さん』にきっと誰もが夢中になる」

音を調整しながらからかうエーリヒに、アルフレートは何も言わずに首をいくらか横に振りながら肩をすくめてみせる。


照れたのだろうかと、またエーリヒは笑った。

そして、リクエストどおりに穏やかでやさしいメロディを奏で出す。

こうして湖畔でゆったりとヴァイオリンを弾いていると、今の不安な時代をしばらくの間忘れていられる。こうして心許せる相手と、気持ちのいい風に身を任せていれば…、とエーリヒは自分自身も美しい旋律に満ち足りた気分になりながら、曲を弾いた。

一曲終えると、アルフレートが嬉しそうに拍手をくれる。

それに一礼してみせ、エーリヒはさらにヴァイオリンを構え直した。

「次は驚くほどに眠くなるような曲を弾くから、服が乾くまで寝ていていい」

さぁ、寝ろと促すと、アルフレートも悪戯っぽく目を細める。

「寝られません、とてももったいなくて。むしろ、私のためにこうして弾いてもらえるのだと思うと、ひとつひとつの音を胸に刻みたくなるんです」

「そうそう、そういう風に相手を口説くんだ」

いつもよりもはるかに軽薄な軽口の応酬が楽しくて、エーリヒは気分よく何曲かを弾いた。

木々の影がかなり長くなってきた頃、アルフレートは乾かしていたシャツに手を伸ばす。

「乾き具合はどうだ？」

ヴァイオリンの弓を下ろしながら、エーリヒは尋ねた。

「いい具合に乾いてます」

アルフレートは立ち上がり、シャツを手に取ると袖を通す。

楽しかった束《つか》の間《ま》の休暇も終わりかと、エーリヒもヴァイオリンを片付け、荷物をまとめてゆく。残りわずかな時間が今は惜しい。

それでも、ずいぶんいい一日だったと思いながらエーリヒが振り返ると、衣類を身につけたアルフレートが靴を履く間際になって眉を寄せ、溜息をついた。

「どうした？」

「いえ、靴の中がまだ乾いてなくて。靴は履かずに運転するかな？　それとも、靴下なしで靴を履くかですね」

確かに靴は乾きが遅かろうと、エーリヒは荷物を車に運び込みながら笑う。湿った靴に足を突っ込んで運転するのは、苦行に違いない。

「帰りは私が運転しよう。靴は積んで帰るといい」

「かまいませんか？」

エーリヒは少し考える。

「数年運転してないが…、まぁ、急ぐわけじゃないから、大丈夫かな？」

「飛行機であれだけの腕です。大丈夫でしょう」

どこまでおおらかに構えているのか、アルフレートはたいして懸念していなさそうに応える。

「でも、ボートを漕ぐのは下手だ。水が下にあると思うとどうにもな。もし、緊急脱出しなければならないことがあれば、下に川や湖がないことを願うばかりだ」

脱出できても、溺れて死ぬなと呟くエーリヒの言葉にも、アルフレートは目を細めるばかりだ。

「君からどう見えているのかは知らないが、私にできないことはかなり多い」

残念ながら、とエーリヒは肩をすくめる。

「私の弾けないヴァイオリンを弾けますよね？　私だって、できないことは多いですよ」

生乾きの靴を後部座席の足許に放り込みながら、アルフレートは笑っている。

「わかった、互いにできないことはそれなりにあるんだ。さぁ、数年ぶりの運転だ、腹を括《くく》って乗れ」

アルフレートを促し、エーリヒは運転席のドアを開けた。

二章

Ⅰ

昼食のあと、エーリヒは愛機の横で整備兵の点検を待っていた。

「チョコレートの値段が、また少し上がってた」

紙袋を抱えたホフマン軍曹が仲間にぼやいているのが聞こえる。

甘党のホフマン軍曹らしき言い分だと、エーリヒは飛行機の陰で苦笑する。

「店主に聞いたんですけど、インフラがやられると食品関係は値上がりするらしいですよ」

「来週も上がるかもしれないから、チョコレートを買い占めてやった。わけてやろうか？」

紙袋の中身を仲間に見せているホフマンに、エーリヒは声をかけた。

「じゃあ、私もひとつ譲ってもらっていいだろうか？」

エーリヒの姿に驚いた軍曹らは、慌てて背を伸ばし、敬礼をとる。

「いくらになっていた？」

飛行ジャケットの胸ポケットから財布を取り出すエーリヒに、ホフマンは慌てて首を横に振る。

「とんでもない、差し上げます」

「それはダメだ。私も人に渡したくて譲ってくれと言ってるのだから」

さぁ、と促すと、ホフマンは恐縮しながらチョコレートと引き換えに小銭を受け取る。

エーリヒは周囲に茶色い雑種の姿を探し、見あたらないとみて、再度ホフマンを振り返る。

「すまないがモッペルを見かけたら、これでソーセージでも買ってやってくれ。私がそう言っていたと、フリッツェ曹長に渡しておいてくれてもいい」

エーリヒが紙幣を渡すと、ホフマンは尋ねてくる。

「少し多過ぎはしませんか？」

「かまわない。この間、モッペルと一緒にドライブさせてもらった礼だと伝えておいてくれ」

承知しました、と軍曹は納得したような笑みを見せる。

エーリヒが司令官室へと戻ると、新聞を手にしたアルフレートがやや案じ顔となっていた。

「どうした？」

何事かと尋ねると、アルフレートは新聞を示してみせる。

「N連邦が中佐の首に賞金をかけたようです」

「ほう…、いくらだ？」

エーリヒが新聞を覗き込むと、アルフレートは眉を寄せる。

「気をつけてください。いよいよ敵は目の色を変えて中佐を狙っているのですから」

エーリヒは肩をすくめると、アルフレートの胸ポケットに手にしていたチョコレートを差し入れた。

「チョコレートですか？」

不思議そうな顔を作る男に、エーリヒは頷いた。

「ああ、この間のピクニックのささやかな礼だ」

アルフレートは一瞬、どこかはにかんだような微妙な表情を見せると、再度表情を作り直し、釘《くぎ》を刺してくる。

「本当に気をつけてください」

アルフレートが垣間見せた自然な表情に満足し、エーリヒは頷いた。

「ああ、気をつける」

Ⅱ

その日、アルフレートらの所属する北部第三飛行連隊は、夕刻近くにN連邦からの飛行部隊と三度目の交戦を終えて帰還中だった。

　アルフレートは自分の中隊を率いて、エーリヒの率いる隊列の上空を飛んでいた。

　日が西へと大きく傾きかけた頃、アルフレートは眼下のエーリヒ隊の三番機が、エンジン部分から薄く黒い煙を吐いているのを見た。

　アルフレートは緑色の瞳を、眇《すが》める。

『こちら、五番機。三番機の右翼付近から発煙中』

　エーリヒの隊を含めて五番機に相当するアルフレートが無線に告げると、眼下の三番機から応答がある。

　――こちら、三番機。エンジン出力低下。

　エンジンの不調なのか、右翼付近にうっすらと見えていた煙がさっきよりも濃くなるのと同時に、三番機の機体が数回揺れ、ガクンとスピードが落ちた。

　――出力が上がらない。

　訴える無線に、エーリヒの冷静な声が応じる。

　――こちら、雪の一番機《シュネー・アイン》。三番機を誘導する、三番機はそのまま高度維持。他機は五番機と共に先に帰投せよ。

『五番機、了解』

　アルフレートの声に、エーリヒについていた二番機、四番機が高度を上げ、アルフレートの中隊の後につく。逆にエーリヒは速度を落とし、三番機の少し後方の位置へと自機をつけた。

　徐々に高度も下がってゆく動作の不安定な不調機に合わせての低速飛行は、非常に難しい。

　しかし、エーリヒは巧みな飛行技術で、ぴったりと同じ位置につけている。

　アルフレートはそれを確認し、三番機の不調に合わせた一番機の遅れを基地に伝え、残りの機を率いて基地に向かった。

　――東南東の方角より、敵機八機侵入確認。

基地まで半ばというところで、ノイズの多い無線が基地より入ってくる。

ざわりと嫌な予感がする。おそらく、さっきの交戦への応援のためにN連邦より投入された部隊だろう。だが、東南東の方向から入られると、遅れているエーリヒの機に接触する可能性が高い。

N連邦のパイロットは不慣れな者が多いが、物量では圧倒的に帝国に勝っている。それがじわじわと質の悪い染みのように帝国軍のパイロットと残存機体とを消耗させているのが現状だった。

『引き返して、一番機、三番機の掩護にあたる』

残存燃料を確認して急ぎ引き返す途中、僚友機を庇《かば》いながら応戦しているらしきエーリヒの無線が入る。

――三機撃墜。…ドローエ上空…、依然、敵機と交戦中。

途切れる無線に、エーリヒの置かれた過酷な状況が窺《うかが》える。うまく飛べない味方を庇いながら、たったの一機で八機も相手にするのはどれだけ危ういことか。

急加速で駆けつけたアルフレートの目に入ったのは、残りの五機に追われながらも、黒煙を吐く三番機に狙いをつける敵機との間に果敢に割って入ってゆくエーリヒの機だった。

味方五機を引き連れたアルフレートを確認したのか、三機はこちらに向かってくるが、残りの二機がまだ執拗《しつよう》に三番機を狙う。アルフレートは他に三機を任せ、自分は三番機を狙うN連邦の敵機へと向かった。

高度、スピード共に上げられない三番機への機銃掃射を、エーリヒは機関砲で何度となく遮り、さらに一機を撃墜する。

残りの一機はエーリヒの機関砲をぎりぎりで避けようと転回したが、上昇角度が甘く、急に失速した。

アルフレートはそれを狙って機関砲を浴びせるが、落下してゆく敵機の機銃が、エーリヒの一番機の操縦席側面前方に斜めに走る。

アルフレートは低く息を呑んだ。

操縦席に近すぎる。防弾ガラスと防弾鋼板の隙間《すきま》で、制御機器の集中している箇所だ。

アルフレートは落ちゆく敵機には目もくれず、高度を下げながらエンジン上方部分に被弾したエーリヒの機体を見守る。

墜落してゆく敵機をかわしたかに見えたエーリヒの愛機は、機体を立て直しきれずに被弾部より濃い黒煙を吐いた。

それと共に機体が急速に下降してゆく。

『中佐っ！』

――一番機、被弾した…、計器板破損…、エンジン部より出火、脱出…る。

応えるエーリヒの声が、心なしか苦しげにかすれて聞こえる。

アルフレートはどっと額に汗が噴き出すのを意識した。

『お怪我《けが》はっ!?』

――……より…、中…尉…、帰…させ…。

無線も壊れかけているらしく、アルフレートに飛行部隊を帰還させるように命じる切れ切れの声に耳障りな雑音が入り混じる。

『中佐っ！』

エーリヒが脱出に手間取っているのか、脱出装置そのものも破損したのか、機体は下へ下へと落ちてゆくのになかなか風防は開かない。

『中佐っ、脱出レバーを引いてくださいっ！』

アルフレートは自身もそのあとを追うように機体を降下させながら、黒煙を吐くエーリヒの機に向かって叫ぶ。

よもや、このまま地面に撃墜してしまうのではないかと思ったところで、ようやく一番機の風防が飛んだ。

だが、風圧のせいか、エーリヒが操縦席から脱出するのにはさらに時間を要した。

『中佐っ、早く！』

アルフレートは悲鳴にも近い声で叫んだ。

はるか下方で、エーリヒの身体が空中へと放り出される。

アルフレートはそれを追って飛びながら、エーリヒを凝視する。無防備に投げ出された身体は、恐ろしいほどのスピードで落下してゆく。

アルフレートは胸も凍るような思いで叫んだ。

『中佐っ、落下傘《ファリシュン》を…っ！』

飛行服をまとったエーリヒの細身の身体が宙に投げ出されてから、白いパラシュートが開くまでの間、アルフレートの焦りと不安は頂点に達していた。

放り出された瞬間、エーリヒは意識をなくしてしまったのだろうか、このまま地面に無防備に叩きつけられてしまうのではないだろうか…。

その恐慌に近い時間は、永遠に続くかのようにも思えた。

『中佐っ！　中佐っ！』

アルフレートが何度目かに叫んだ時、ようやくパラシュートが開く。

失速ギリギリのところまで機体を降下させ、アルフレートはエーリヒのパラシュートが森近くに落下してゆくのを確認する。

近くに畑や人家もない場所だ。さっきの敵機やエーリヒの愛機の墜落音を聞いて、せめて近隣から救援に向かってくれていればいいが…、とアルフレートは念じる。

そして、脱出直前のエーリヒの命令に従うべく、アルフレートは落下地点の確認後、機体をもとの高度まで戻して他の三機の敵機を撃墜した編隊を立て直す。

――中尉、中佐殿はご無事で?

ホフマン軍曹が尋ねてくる。

『不明だ。パラシュートの落下地点は確認した。基地に着き次第、再度救助に戻る』

アルフレートは気が気でなかったものの、エーリヒが最後まで守ろうとした三番機を誘導し、なんとか残りの機を率いて基地まで戻る。まずは、エーリヒに与えられた任務が最優先だった。

『こちら、五番機。着陸と同時に、司令官の救助に戻る。司令官の落下地点は確認した。軍医と短距離離着陸機の出動用意を頼む!』

滑走路に着陸したアルフレートは、強引に短距離離着陸型機の横へ自分の五番機を着けた。

そして、機を飛び降りると、軍医を大声で呼ぶ。

「軍医っ! 早く! 司令官がっ!」

普段、大声など出すことのないアルフレートが血相を変えて軍医を呼ぶのに、飛行眼鏡と飛行帽を身につけた軍医は下士官らと共に慌てて走ってくる。

アルフレートは軍医をせき立て、三人乗りの短距離離離着陸機に二人で乗り込むと、すぐに機体を発進させた。

「司令官殿の容態は⁉」

操縦席の後ろに乗った軍医が、膝に医療鞄《かばん》を抱えたまま、エンジン音にかき消されないように大声で尋ねてくる。

「不明だ。脱出からパラシュートが開くまで、かなり時間がかかった。宙に放り出された時点で、脳震盪《のうしんとう》を起こされていたのかもしれない。高度はぎりぎりまで下げたが、木に引っかかったパラシュートの陰になって、中佐の傷や出血などは確認できなかった」

後部座席へと応え、日が大きく西へと傾いた中、エーリヒの落下した地点まで低空で飛んで収容に向かう。

　アルフレートは、森に近い街道に短距離離着陸機を降下させると、簡易担架を手に機を飛び降りた。軍医と共に、ひたすら走って落下地点へと向かう。

　パラシュート落下地点よりもさらに街道に近い森の中に、血に染まったフライトジャケットを身につけたエーリヒが倒れていた。

　おそらく降下後もしばらく意識があったのか、味方が見つけやすい街道近くまで出ようとしたことがわかる。

「中佐っ！」

　走り寄ってエーリヒを抱え起こしたアルフレートは、その血に濡れた姿に声を呑む。

「…っ!!」

　アルフレートは我が目を疑った。

「…中佐…」

　破損した機体で損傷したのか、肘から先が正視に耐えないほどの酷い状態になっている。

「…これは…、少しまずいですな…」

　軍医の呟きを聞くまでもなく、大きく損なわれた右腕を見れば容態の悪さはすぐにわかった。

　エーリヒのあの繊細な動きを見せた白い指がない。

そして、かつてアルフレートを救ったあの手は、ほとんど原形をとどめていない。むしろ、肘から先はほとんど残っていないといえた。

　それでも、落下してまだ意識のあるうちに何とか止血をしようとしたのか、右の二の腕の肘に近い部分をベルトで強く縛ってある。

　普段、櫛目正しく整えられた金髪は乱れ、瞼《まぶた》は固く閉ざされている。

　かろうじて呼吸はあるものの、アルフレートの腕の中、意識のないエーリヒの顔は暮れゆく日の中でも真っ白に見えた。

「助かるか？」

止血ベルトをさらに強く巻き直し、傷口に感染予防のための白い合成抗菌剤を振りかけて、ガーゼと油紙とをあてる軍医にアルフレートは尋ねた。

「わかりません…、出血の度合いが酷いのでここでは何とも。とにかく急ぎましょう！」

アルフレートはエーリヒの身体を抱いて簡易担架に乗せ、軍医と二人で飛行機へと運び入れた。

今なら、エーリヒが脱出に手間取っていたのがわかる。被弾により、すでにあの時点で利き腕の肘から先が完全に損なわれていたのだ。

脱出できたのが奇跡のようだ。パラシュートの開きが遅れたのも、そのせいだろう。

無線で緊急手術の用意を命じ、夜間戦闘機が出撃してゆくのと入れ違いに着陸する。すでに日の暮れた滑走路には衛生兵が待機し、手術室へ向かうための担架と車が用意されていた。

アルフレートは車に同乗し、基地の手術室へと向かった。

わずかに眉を寄せ、金の髪を乱して担架に横たわるエーリヒの血の気のない真っ白な顔は、かつて教会で見た憂いを帯びた彫像のようだ。

はたして、このまま助かるのか。激しい焦燥に襲われ、アルフレートはただひたすらにエーリヒの顔を見つめていた。

エーリヒを失う…、考えただけで息が詰まりそうになる。今、アルフレートが存在するのは、すべてこの男のためでもある。エーリヒのいない世界など、考えられなかった。

手術室へと運び込まれるエーリヒの処置を待ち、手術室前に立っていると、中からマスクと術衣を身につけたさっきの軍医が出てくる。

「ミューラー中尉」

今、麻酔と輸血の途中なのだと軍医は説明し、クリップボードを手に手術室を振り返る。

「すでにご覧になったのでおわかりかと思いますが、司令官の右腕の損傷は酷く、これ以上の出血と感染を防ぐため、右肘から先の前腕部分をこのあたりで…」

軍医は自分の腕で、実際に肘のすぐ下あたりを示してみせる。

「切断せねばなりません」

アルフレートは黙って、実直な軍医の顔を見下ろす。

エーリヒのあの傷を見た時からずっと頭の中にあったが、実際には口に出すことのできなかった言葉をアルフレートは初めて軍医へと向ける。

「切断した場合、飛行機の操縦は…？」

軍医は真面目そうな榛色《はしばみ》の瞳で背の高いアルフレートを見上げたあと、非常に言いづらそうに口を開いた。

「むしろ…、飛行機とは片腕で操縦可能なものなのですか？」

「…いや」

自分でも愚かな質問だとはわかっている。

ただ、確認せずにはいられなかっただけだ。

戦闘機の操縦は、単に空を飛べばいいだけの輸送機や旅客機といった飛行機の操縦とはわけが違う。細かな機器操作すべてが手動式のため、片腕が使えなければ戦闘機のパイロットとしては使い物にならない。

そもそも、操縦桿《かん》を握るのは基本的に利き腕だ。エーリヒの場合は、それが右手になる。

戦闘機のエースパイロットは非常に繊細に、時には大胆に操縦桿を操ることによって、巧みな旋回や宙返り、攻撃や離脱を行っている。左手ではエンジンの出力を操作する。両手があって初めて、戦闘機の操縦は成り立っている。

義足のパイロットは存在するが、義手のパイロットはいない。

自分も含めて、パイロットである以上、そして過酷な北部前線にいる以上、常に命の危険と隣り合わせであると覚悟していた。

しかし、いまや『北部戦線の守護者』とまで言われ、北部戦線のみならず、このグランツ帝国の士気高揚にも高く貢献してきたエーリヒだ。それが二度と戦闘機に乗れないほどの傷を負ったと知れれば、いったい、どれだけの兵が失意を覚えることか。

エーリヒを追って空軍を志したアルフレート自身も、常に目の前で輝き続けていた光をいきなり見失ったような絶望、虚脱感を覚えた。

これがあるからこそ、空軍本部はずっとエーリヒに前線から後方勤務へ移るように何度も重ねて要請していたのだろう。

軍医は苦しげに切り出した。

「申し訳ありませんが、司令官の右腕切断にあたり、手術の承諾書にサインをいただきたいのですが…」

「…私がか？」

すでに取り返しのつかない大怪我を負っているとはいえ、最終的に自分がエーリヒの腕を切り落とすというその恐ろしい決断を下さねばならないのかと、アルフレートはひるんだ。

まだ、自分の腕を切り落とす承諾書にサインを入れるほうが、百倍以上ましに思える。単機でN連邦の飛行部隊と渡り合えと言われたほうが、はるかに楽だった。

「ええ、中尉殿は司令官補佐でいらっしゃるので…。司令官ともなると、緊急手術も一般の負傷兵とは異なります。司令官の意識がない今、どなたかにご決断いただかなければ…」

アルフレートは眉を寄せた。

軍医が独断で今後のエーリヒの運命を左右する重要な手術を行うことはできないというのは、理解できる。上官に対し、軍医が好き勝手な手術ができるようでは、組織は成り立たない。

この基地内で一番の地位にあるエーリヒが判断できる状況にない以上、次に決断するのは補佐のアルフレートだと進言する軍医の立場もわかる。

副司令官がいれば、それは本来副司令官の仕事だが、今、本部に赴いており不在だった。

アルフレートはしばらく目を伏せたあと、軍医から承諾書とペンを受け取った。

エーリヒは絶対に、このアルフレートの承諾を責めることはない。そもそも、誰かに咎《とが》を負わせようとする考え自体がエーリヒの中にはないことはよくわかっている。

だが、頭のどこかで、エーリヒははたしてここにサインしたアルフレートを許すだろうかと考えてしまう。なぜ、エーリヒに傷ひとつ負わせたくないと考えて同じ北部戦線を志願した自分が、今、この承諾書に名前を書き入れているのか。

むしろ、許せないのは、この状況を受け入れざるを得ない運命と、自分のあまりの無力さだった。

アルフレートが承諾書に名前を書き入れると、軍医は慌ただしく手術室へと戻ってゆく。

アルフレートは低く息を吐き、何もない天井を仰ぐと、廊下の壁にもたれた。

なぜか今頭の中に思い浮かぶのは、青い空に白く一条、エーリヒの愛機が長く引いてゆく見事な飛行機雲だった。

共に飛べば、その先には息も詰まるほどに青い世界が広がっているのだと、いつまでも信じていたかったのに…。

かつて自分の命をこの世につなぎ止めたあの右手が、危険も顧みず、精一杯の力と勇気をふるってアルフレートを救ったあの手が、今、失われようとしている。

子供の頃と同じように、純粋な勇気と気概をもって部下を救おうとしたエーリヒの手が…。

アルフレートは天井を仰ぐ。

はたしてこの世に神はいるのだろうか…。

祖国を、そして部下を守ろうとするエーリヒに対する神の庇護《ひご》はないのか…。ヴァイオリンを取れば美しい旋律を奏でる、あの右腕を失ってもいいと神は考えるのだろうか…。

アルフレートはどうしようもないやるせなさと無力感とに囚《とら》われながら、手術室前の廊下に立っていた。

「…ミューラー中尉、椅子《いす》をご用意しました」

手術室の前でずっと立っていたアルフレートをどう思ったのか、下士官が椅子を運んでくる。

「ありがとう。…だが、結構だ」

短く礼を述べたアルフレートに、下士官は申し訳なさそうに目を伏せる。

「君の厚意には感謝している。ただ、今は落ち着いて座っていられなくて…」

アルフレートが言うと、下士官は小さく頷いた。

「司令官殿は、我々の…、そして、この国の守護者です。お気持ちはわかります」

そう言うと、下士官はそれ以上アルフレートを煩わせまいとしてか、敬礼を残し、去ってゆく。

落ち着いていられないのは、この基地内の誰もがそうだろう。エーリヒは北部戦線の守護者とまでいわれた男だ。

本人もそう呼ばれていることを知っていたからこそ前線にとどまり、部下らの士気を維持しようと、ほとんど休暇も取らずに連日の出撃にも耐え続けていた。

アルフレートが手術室の扉を見つめ続けていると、やがて中から扉が開き、軍医が血に汚れた手術着のまま、出てきた。

「手術は無事に終わりました」

アルフレートはひとつ頷く。喜ばしいとは、とても言えない手術だった。

だが、救ってもらわなければ、アルフレートの世界は無に等しいものとなる。

「しばらく必要なのは、休息です」

看護婦二名が、意識のないエーリヒの乗った寝台車を運び出してくる。

アルフレートは、薄く青ざめて見える整った顔を見下ろす。

肘から先が失われた右腕は、白い包帯が巻かれている。アルフレートは黙って、その腕を凝視した。

「病院の方で士官用の個室を用意します。容態が落ち着くまではそちらで容態を診させてください」

アルフレートは頷くと、ただ無言でエーリヒの寝台車に付き添って歩いた。


軍医と看護婦の手によってエーリヒの身体が、ベッドに移される。

すでにすっかり暮れて夜となった病室の窓に、別の看護婦がカーテンを引いた。

軍医はエーリヒの血圧や脈などを確認したあと、まだ部屋に残っているアルフレートに会釈し、看護婦を伴って病室を出ていった。

アルフレートはベッドのかたわらに寄ると、意識のないエーリヒの顔を見下ろした。

そして、上掛けに覆われた右腕へとそっと手を伸ばした。

何度目で確認してみても、肘から先の前腕の膨らみがない。

傷口に触れるわけにもいかず、アルフレートは伸ばした腕をわずかにエーリヒの肩口の上に置いた。

これまで、気安く触れたこともない。

一度だけその身体に触れたのは、ピクニックの際にボートの上でモッペルを助けようと身を乗り出したエーリヒの身体を抱きとめた時だけだった。

そういう人だ。たとえ、犬だろうと、敵軍のパイロットだろうと、湿地に落ちた自分よりも体格のいいアルフレートだろうと、まず助けようとする。

アルフレートはその肩口に添えた腕を、本来上掛けの中にあるはずの右の前腕部を探るように滑らせる。

しかし、そこには何もなかった。

アルフレートはシーツをつかみ、ベッドのかたわらにくずおれるように膝をつく。

そして、ただ唇を噛《か》んだ。

何に代えても守りたかったのに、守り切れなかったのだと…。

三章

I

ベッドの上に横たわったエーリヒは、消灯時間の近い病院で看護婦らが最後の見回りを行う声を聞いていた。

病院というのは、様々なものが清潔さを誇るように白い。

真っ白な壁に、看護婦の白い服、医者の白衣、そして、自分がまとった膝までの白い病衣。白いシーツ、白い枕カバー。腰板は淡いグリーン、カーテンはかろうじてリネンの生成りだが、この必要以上の白さは人を過敏に、そして神経質にするようだ。

それとも単に、自分の神経が昂《たかぶ》っているだけなのだろうか。


日中、見舞いに来る部下の前では、可能な限り落ち着いて応対できていると思う。

三番機のパイロットは、エーリヒに救われたのだと床にくずおれて号泣した。そして、この状況が申し訳ないと泣き続け、仲間に両脇を抱えられるようにして部屋から連れ出されていた。

だが、あの下士官を責めるつもりは毛頭ない。むしろ、エーリヒの負傷によって立場をなくし、気の毒にさえ思っている。自分には仲間を救い、共に基地へと連れ帰る義務があった。

この負傷については、単に運がなかったのだろう。

むしろ、無数のパイロットが命を落としていることを考えると、命があるだけ運がよかったと感謝しなければならない。

おそらく、戦場とはそういうものだ。一瞬の出来事が運命を分ける。

国のために仕えることを尊しとする家に生まれた

以上、そして、自らパイロットを志した以上は、いつか自分が命を失う、あるいは大怪我を負うかもしれないことは覚悟していた。

ただ、今のこの状況を受け入れるまでには、少し時間がかかりそうだった。それまでの間、自分が塞いでいるところを人に見られるのは、好まない。

意識が戻ってから、利き腕の肘から先がないことに慣れるまでに、三日ほどかかった。慣れたように思っている今でもまだ、とっさに右手を使おうとして、その手が失われていることに気づくことがある。

被弾した際、利き腕に熱い衝撃が走った。

風防ガラスの半分以上が、黒い油と白く走った亀裂、赤い——おそらくは自分の腕から飛び散った鮮血に覆われ、見えなくなった。

敵の機銃がちょうど装甲の薄い箇所を貫いたらしく、右側の機器類は大破していた。

操縦桿を引こうとして、利き腕がいうことをきかないのに気づいた。その時初めて、右腕の肘から先が失われていることを意識した。

機器の破損、エンジン部からの出火を報告しながらも、左手でなんとか操縦桿を保持していたが、機体を持ち直すことはできなかった。

キャノピー（操縦席の風防）を脱落させるための装置に手をかけるのも、そして、機内から脱出するのにも、左手のみだと恐ろしく時間を要した。

飛び続ける機体から脱出するパイロットには、身動きすらままならないほどの凄《すさ》まじい空気抵抗がかかる。

アルフレート・ミューラー中尉がすぐかたわらを飛びながら、無線で必死で自分に脱出を呼びかけ続けなければ、途中、意識を失っていたのかもしれない。

そういう意味では、アルフレートは命の恩人なのだろう…と、エーリヒは右の腕に視線を落とした。

白い包帯が巻かれた腕には、その先がない。

なのに、なぜか事故から二週間ほど経った今でも、傷口ばかりではなく、失った先の手に痛みを覚える。

むしろ、手術を終えた傷口が塞がり、徐々に傷の痛みがなくなってきた今になって、失ってしまった腕の先にもがれるような激しい疼痛を覚えることがあった。

幻肢痛という言葉を医師から聞かされたのは、無事に終わったという手術の説明の際だった。

もしかしたら…、と医師は言った。これから先、失ったはずの手に痛みを覚えることがあるかもしれません、と。

腕や脚を失った兵士にたびたび見られる症状らしく、ないはずの腕や脚に激しい痛みを覚えるのだという。ただ、失ってしまった腕や脚の痛みが痛み止めや麻酔で止められるはずもなく、いまだに原因も治療法もないという。

これがそうなのだろうか…、とエーリヒは眉を寄せる。

そして、かつて腕のあった場所を左手で庇うようにして、しばらく痛みをこらえるために息を詰めていた。

そんな痛みと不慣れな片腕での生活に追い打ちをかけるように、今朝、父親から生家であるシュテューラー城の半分以上が、数日前の空襲により焼け落ちたという電報を受け取ったところだった。

家族は防空壕《ぼうくうごう》に避難して無事だったが、エーリヒが幼い頃から慣れ親しみ、周辺住民の心の支えでもあった優美な美しい城は、今は焼けて黒く無惨な姿を晒しているという。

お伽話《ときばなし》の中の城のような美しさを持ち、他国にもその名を広く知られた目立つ城だ。北部グランツ人の誇りであり、北部の象徴でもある。

敵国にとっては空襲の際には格好の的となること

はわかっていたが、やはり故郷を守りたくて空軍に入った身としては衝撃的な知らせでもあった。

空襲で家ばかりでなく、家族も何もかもを失った人々も多い。家族が助かったことだけでも、感謝しなければならないのだろうが…、とエーリヒは目を伏せる。

やはりさすがにこんな不幸が立て続けに起きると、心が折れそうになる。もっと辛い思いをしている人人は、この国に山ほどいるというのに…。

「失礼します」

ドアがノックされ、低い声が響いた。アルフレートの声だと、エーリヒは肩の力を解く。

ドアを開けたのは、やはり長身の男だった。昼間は出撃しているが、夜は律儀に毎晩病室を訪ねてくる。時には、昼間、出撃を待つ合間に顔を出すこともあった。

エーリヒの意識がなかった間も、毎日様子を見にきてくれていたらしい。

「お加減は？　…痛みますか？」

エーリヒの顔を見て何か察したのか、アルフレートは控えめに尋ねてくる。

「いや、大丈夫だ」

鬱《ふさ》いだ顔をしていただろうかと、エーリヒは薄く汗の浮いた額を拭いかけ、先のない腕を途中で左手に変える。

そして、かすかに自嘲混じりの溜息をつくと、身を起こしかけた。

「そのままにしていただいても…」

「いや」

運び込まれて間もない時はともかく、すでに容態の落ち着いた今は、横たわったままで人を迎えたくはなかった。

「手を貸してもらえるだろうか」

エーリヒが言うまでもなく、男は素早くやってくると、エーリヒが起こした身体を預けられるように枕をその背にあてがってくれる。

そして、冷えると思ったのか、膝の上に広げていた厚手のカーディガンを肩に着せかけてくれた。

「何か温かな飲み物でもお持ちしましょうか？」

看護婦に頼むのか、それとも、この男のことなら自分で用意するつもりなのかはわからないが、アルフレートは気遣うように尋ねてくる。

「いや、もうすぐ消灯だ。かまわない」

「夜分に申し訳ありません。今日の報告書です。出撃は四度、我が隊で二機を撃墜しています」

男はそれが職分だと思っているのか、入院前同様に律儀に報告書を見せる。エーリヒは読み取りやすい字で綴《つづ》られた報告書を眺め、アルフレートの変わらない報告にどこかで安堵しながら、それを返した。

だが、戦況そのものは手酷い消耗戦で、けしていいとはいえない。かすかなエーリヒの溜息を、アルフレートは黙って汲み取ったようだった。

「あと、よろしければこれを」

アルフレートは報告書と共に持って入ってきた、書類サイズの薄手の布の包みを取り、中身を差し出した。

「これは…」

薄い額縁に入れられたのは、エーリヒの生家であり、まさに焼け落ちて無惨な姿を晒していると聞いたばかりのシュテューラー城の在りし日の全景を収めた白黒の写真だった。

湖水地方である旧シェーンブルク領の中心ともいえる城で、やはり湖に面して建てられている。よく手の入れられた庭と美しく壮麗な城は、その姿が映り込んだ湖や水面に漂う霧と共に、まるで夢のような幻想的な情景を見せていた。

この美しい眺めを守りたい、この愛すべき地方を守りたい、そして、この国を守りたいと思ったのが、そもそもエーリヒが空軍士官学校を志した理由だった。

むしろ、自分はそのために生まれてきたのだとすら、思っていた。

シェーンブルク家に生まれた以上、国土を守る務めを果たせと幼い頃から教えられてきた。兄と違って家を継ぐ必要のない次男なので、なおのことそのためにひたすら努力してきたともいえる。

「少し時間がかかってしまいましたが、ご生家だと伺っておりますので、そちらに配属の部隊に依頼して、手配してもらいました。差し出がましい真似《まね》をして、申し訳ありません」

「いや…」

アルフレートも、シュテューラー城が焼け落ちたニュースを知ってこその気遣いだろう。懐かしく慕わしい城の写真に、エーリヒはそっと手を触れ、小さく微笑む。

「今はとても嬉しい。懐かしくて…、私にとっての心の支えだ」

エーリヒは写真を胸に抱くと、そこに住み、周囲の住人らと同じように苦労を忍んでいるだろう母に送るように小さく口づけた。

アルフレートは横で目を伏せる。

「ありがとう。この感謝の気持ちを、どう伝えればいいだろうか」

「こちらこそ、お役に立てて嬉しいです。明日でよければ、壁に掛けましょうか？」

壁に掛けて眺めるのに、ちょうどいい大きさだとエーリヒは頷く。

故郷を蹂躙《じゅうりん》されたと気落ちしていては、まさに空爆を行ったN連邦の思う壺《つぼ》だ。故郷は自分の心の中にこそ、あるものだ。

そして、アルフレートの心遣いは、そのエーリヒの中の故郷を偲《しの》ぶため、在りし日の美しい姿をいつでも思い浮かべることのできるようにという配慮からくるものだとわかる。

エーリヒは感謝の思いをこめて、男を見上げる。

「そうだな、そうしてもらえると、とてもありがたい」

長居する気はないのか、アルフレートはエーリヒから持参した報告書を受け取ると尋ねてきた。

「他に何か、ご入り用のものはありますか？」

身のまわりのものは、すでにすべてアルフレートが調達し、運び入れてくれていた。

「今のところは特にない。何よりもこの城の写真が、私には得がたいものだから」

アルフレートは緑色の瞳をやわらげ、微笑む。

「それでは、今晩はこれで失礼します」

男はドアのところで振り返った。

「また明日、参ります」

中尉、とエーリヒは呼びかけた。

「気持ちはありがたいのだが、昼の任務もあるだろう。こちらには気を遣わなくていい」

エーリヒの言葉にアルフレートは軍帽の横に手を添え、小さく会釈した。

「写真を壁に掛けますので」

機転の利いたアルフレートの言葉に、エーリヒは唇の両端を上げて応えた。断ったとしても、きっとこの男は明日も姿を現すのだろう。そして、そんな律儀さに救われている。

これまで心を残す相手を作るまいと思っていたのに、今になって弱さが出てきたのだろうかと、エーリヒは溜息と共にベッドの上に身を横たえた。

少年時代のアルフレートの、歳よりもはるかに大人びた、深い知性を宿したグリーンの瞳を覚えている。頭のよさそうな、数歳上の背の高い少年だという印象だった。アルフレートは、はたしてエーリヒをどのように記憶しているだろうか。

子供の頃からアルフレートは体格がよく、他の少年達より頭ひとつ抜きん出ていた。風に揺れるくせのない黒髪が、その深い緑色の瞳と相まって誰よりも印象的だった。

互いに名乗ったのは、アルフレートがあの別荘の裏手の林で泥の中に落ちた時だ。

自分が泥炭地に沈みかけているというのに、アルフレートはエーリリヒに向かって、危ないから逃げろと叫んだ。助けてくれと言う前に、来るな、逃げろと叫んだあの少年の律儀さと実直さを失えないと思った。

大人達の力を借りて助け上げられたあと、アルフレートが泥まみれでエーリリヒに向けてきた目を忘れられない。

あの時、確かに自分達の中には何か離れがたい絆が生まれた。それまで話したこともなかったのに、互いに命を握りあうなど、何ものにも代えがたい特別な経験だった。

空軍に入ってからの再会後も、アルフレートは口数こそ多くはなかったが、いつも誰よりも早くエーリリヒの気持ちを読んだ。何も言わずとも、常にエーリリヒの一番の理解者であり、エーリリヒにとっての扶翼者でもあった。

アルフレートが自分の隊の上空にいる時には、背中を預けたような気持ちでいたのは確かだ。逆にアルフレートの隊が下にいる時は、命に代えても守るつもりでいた。

パイロットとしては、互いに誰よりも長い時間を共有し、ここまで来ている。

自分はもう二度と空を飛ぶことはないだろうが…、とエーリリヒは誰しもが面と向かって口にしない事実を思う。

皆、エーリリヒが戦闘機のパイロットとしては使い物にならないと口にしてしまえば、現実になってしまうと恐れてでもいるようだ。

すでに現実問題として、戦闘機乗りとしては飛べない自分がここにあるのに…と、エーリヒは横たわったまま、先を失った右腕の袖の余りを抱えた。

怖いぐらいにそこには何もない。何度探っても、空虚な事実があるばかりだった。

明日こそは、副司令官に司令官を辞することを伝えなければならない。

ずっとこの北部戦線にあり、国を守りたいと思ってきたが、飛べないパイロットに何ができるというのだろう。

タイミング的にも、潮時だろう。

時に神々しくさえ思えた、あの自由に飛べた美しい空を失ったのかと…、エーリヒは感傷混じりの深い溜息をつくと、忍び寄る痛みに耐えるために瞼を閉じた。

II

十二月上旬、六時を過ぎるとすっかり日も暮れていた。

アルフレートはヘッドライトに照らされた雪の白さに目を眇める。街から基地へと戻ってきた車のヘッドライトに、一面に十センチほど雪の降り積もった滑走路や機体が浮かび上がった。

風が強く、細かな雪が下から斜めに吹き上がっている。

ここ五日ほどは悪天候のために出撃はない。冬に入り、N連邦でもこの雪と冷え込みで出撃どころではないのだろう。帝国北方にあるC3基地でこの雪なら、それよりさらに北東にあたるN連邦はおそらくもっと手厳しい悪天候に見舞われている。

ひとりで車を運転してきたアルフレートは、助手席の鞄を手に取る。車を降りると、吐く息が白く曇った。首許にマフラーを巻きつけながら、明かりの灯った宿舎ではなく、基地の病院へとそのまま足を向ける。

足許でサクサクと、新しく降り積もった雪が鳴る。

エーリリヒの入院から一ヶ月ほどが経った。エーリリヒは数日前に、航空団本部付き作戦技術部への異動を承諾していた。

もともと、以前からエーリリヒは後方勤務を何度も打診されていた。ここ数年、すでにエーリリヒの存在自体が、国のために献身的に働く国家的スターのひとりという扱いだった。国にとっては二度とパイロットとして活躍できなくとも、後方で参謀として務めてもらえればありがたいという空気があった。

そのため、エーリリヒの入院後、空軍のお偉方が何度となくエーリリヒのもとを、見舞いという名目の後方勤務への説得に訪れていた。

表面上、エーリリヒは右腕を失う大怪我を負ったにもかかわらず、さして動揺もせず、自らの状況を淡淡と受けとめているように見える。

昼間、見舞った部下達の前ではいつも落ち着いていて、さすが我らが司令官殿だと感嘆する者ばかりだった。依然、その神聖さは失われておらず、存在そのものが部下達の精神的な拠《よ》り所となっているのがわかる。

しかし、昼間はいつも変わりないように見えるエーリリヒも、夜になるといくぶん鬱ぎ込んでいるようだった。自ら弱音を吐くことは絶対にないが、内側に重く張りつめたものがあるように思え、アルフレートは毎晩のおとないを欠かさないようにしている。

本当はずっと側にいたい。今、苦しんでいるエーリリヒと共にあり、心を寄り添わせたい。

けれども、そうしてアルフレートが病室にずっと詰めていること、見せたくない弱みを他人に晒すこと自体が、逆にエーリリヒにとっては負担になることはわかっている。なので、訪問はできるだけ就寝前の短い時間を選んでいた。

　アルフレートは通い慣れた廊下を通ると、病室のドアをノックした。

「遅くに申し訳ないです」

　顔を覗かせると、青ざめた顔をしたエーリヒが、ベッドの上に横たえていた身を起こそうとする。

「お起こししてしまいましたか？　すみません」

　起きるのを制そうとすると、エーリヒは首を横に振った。

「いや…、寝ていたわけじゃない」

　整えていない金髪が額に落ちる。その額が汗にじっとりと濡れているのを、アルフレートは見た。顔色も悪い。おそらく、黙って痛みをこらえていたのだろう。

　エーリヒは身体をひねって、上体を起こす。アルフレートはその背に、クッションをあてがう。

「やることもなくて…、来てくれてよかった。その方が気も紛れる」

　エーリヒには珍しく、率直で弱気な言葉だった。今日の痛みはそれほどに辛いのかもしれない。

　ベッドサイドのテーブルには何冊かの本も載っているが、それらに目を通せないほどの痛みにひとりで耐えていたのかと思うと、安易な慰めの言葉もかけられない。

「もっと早くに伺うつもりでしたが、遅くなってしまいました」

「今、私が言ったことなら、気にしないでくれ。矛盾しているが、君も忙しいだろう。無理をしないでほしい」

　悪かった、とエーリヒは詫びる。

　こういう風に常に相手の立場を慮《おもんぱか》るように育てられた人なのだと、胸が締めつけられる。

「昨日に続いて今日も…、ここ五日ほどは続けて出撃がないので大丈夫です。寒気が下りてきているらしいので、このまま冬に入ればしばらくは出撃なしになるかもしれません。敵さんも飛行機を飛ばしている場合ではないのかと」

アルフレートの軽口に、エーリヒはわずかに笑った。その目の下に、黒っぽい隈《くま》が目立つのが痛々しい。

「これをお届けしたくて」

アルフレートは提げてきた小ぶりの花束を差し出す。深紅の薔薇《ばら》が数輪だけの小さなブーケだが、意外だったのかエーリヒは目を丸くした。

「花を？」

「お誕生日ではありませんか？」

「ああ、そのようだ。母と姉、妹からこの膝掛けと防寒用の手袋、それにカードが届いた。手袋は片方で足りるんだが…」

膝掛けの方は、真っ白なシーツの掛かった布団の上に新しく広げてある。手袋はロッカーの中にでもしまわれているのか。

エーリヒの自嘲めいた言葉に、アルフレートはあえてコメントしない。

「だが、病室に花は嬉しい。ここはとても殺風景な場所だから。今、私の慰めになるものは、君が持ってきてくれたシュテューラー城の写真ぐらいなものだ。薔薇など、粋じゃないか。よく、この時期に手に入ったな」

十二月上旬、この北部地域では先月半ばからちらほら雪も降り出している。名残の薔薇も、蕾《つぼみ》のまま凍って開かずに終わることも多い。

生家の温室では冬の間に薔薇も見られたが…、とエーリヒは懐かしそうに目を細めるので、アルフレートも十分報われたような思いになる。

「基地の近くの住人に、霜で枯れる前に持っていっていいと、運良くわけてもらえました。寒さのために花は小ぶりですが、そのかわりに冬薔薇はワインのような深みのある色合いになるんだそうです。すぐに活《い》けてきます」

アルフレートは提げてきた鞄を部屋に置くと、看護婦に借りた水差しに薔薇を活けて戻る。

「しばらくはこれで、贅沢な気分になれる」

エーリヒはしみじみと花を眺め、その香りを嗅ぐと薄く笑った。

「それから、リンゴのタルトです。今日はもう遅いので、明日にでも。二、三日は保つそうですが」

アルフレートは鞄の横に置いていた皿の上の油紙の覆いを開けてみせる。アルフレートの荷物には目を留めていなかったらしく、エーリヒは少し驚いた様子ながらも唇の両端を上げた。

「甘いものはありがたいな。病院の食事は、素っ気ないから」

見かけによらず、エーリヒは甘いものも時々好んで食べる。ジェッカ湖に行った時も、キャラメルやクッキーを喜んでいた。

普段は特に食べ物について注文をつけたことのないストイックなエーリヒにとっても、病院の食事は味気ないものなのだろう。

「リンゴは滋養にもなります」

昔、祖母や母に聞かされたようにつけ足すと、北部グランツ人として同じように聞かされているらしいエーリヒはそのとおりだと小さく頷く。

「それから…」

アルフレートがさらに鞄に手をかけると、エーリヒは目を見開いた。

「薔薇にタルト、まだ他に何かあるのか?」

珍しく驚いたような飾り気のない表情が、どこか子供っぽくもある。

「本当はこれをお渡ししたくて」

アルフレートはざっくりと新聞紙でくるんだ包み

をエーリヒに手渡す。包みの中のかすかな液体の音と紙越しの固い感触、重みに、エーリヒは中身に思いあたったらしい。小さく笑う。

「開けてもらっていいだろうか？　私の予想は当たるかな？」

「もちろんです」

アルフレートは野暮な新聞包みを取り払い、苦労して入手したブランデーの瓶を取り出した。

戦況が厳しくなるにつれ、入手が非常に難しくなった高級酒にエーリヒは目を瞠《みは》る。

今、前線の将校らが嗜《たしな》んでいるのは、もっと安い醸造ウィスキーだった。

「これは…、サン・ルー共和国の…」

「ええ」

ブランデーの名産地でもあるサン・ルー共和国の中でも逸品といえる銘柄だった。

今となっては、表立って流通していないし、酒場に行っても手に入らないシロモノだ。グランツ帝国のほぼ中央に位置する首都テルトワの高官の手許には贈答品、嗜好《しこう》品として留め置かれているらしいが、北部戦線までは出まわってこない。

むろん、エーリヒが望めば手に入らないことはないのだろうが、当のエーリヒ自身が自分の特権を利用して高級酒を入手しようという人間ではない。

「ずいぶん上物のブランデーだな。よく手に入ったものだ」

「入手経路は聞かないでください」

内緒ですよ、とアルフレートが軽口をたたくと、エーリヒは少し表情をやわらげた。

「軍医《ドクトル》にもな」

基本、食に関しては制限がないらしいが、飲酒がいいとは言われていないだろう。

「見つかれば、私がどんな小言を食らうことか」

「君は優秀すぎて小言など食らったことがないだろ

うから、多少は食らっておけ」

「酷い言いようです」

互いに笑っていても、優秀すぎるのはあなただという言葉は、さすがに今の病床のエーリヒには向けあぐねた。

「召し上がりますか？」

「ならば、大事に一杯だけ。あとはマットの下に隠しておくことにしよう」

普段にはない軽口を続けるエーリヒは、内心の消沈ぶりを見せまいとして、あえて明るく振る舞っているように見えた。

アルフレートはそれには気づかない振りでブランデーを開封し、グラスに注ぐ。

「待て、君の分もだ」

「ご相伴しても？」

「ご相伴も何も、君が持ってきたものだ」

エーリヒは薄く、からかうような笑みを浮かべた。


「どんな手を使ってかは知らないが」

「それはとても言えません」

事実、かなり手をまわして、闇でようやく入手したものだ。

「座ってくれ」

椅子を勧めるエーリヒのかたわらに、アルフレートは壁際に置かれた木の椅子を持ってくる。

そして、自分の分もブランデーをグラスに注いだ。

「チーズぐらいは持ってくればよかったですね」

「さっきのリンゴのタルトはどうだ？　ブランデーに甘いリンゴは合うと思う」

思いもよらないエーリヒの提案に、アルフレートは微笑む。

「それは確かに」

テーブルを引き寄せ、ナイフでタルトを切り分ける。ひとつ皿の上のタルトにフォークを二本添えた。

「たかがひとつ歳を取るだけのことだと思っていた

が、今日はずいぶんいい夜だ」

右腕を失って以来、初めてエーリヒは内側で張りつめていたものが解けたようなやわらかな表情となった。

プライベートでも、エーリヒがここまでくつろいだ顔を見せるのは珍しい。

「素敵な贈り物を、いくつもありがとう。君には…、とても感謝している」

左手でグラスを掲げ、エーリヒは水差しに活けられた深紅の薔薇と皿の上のタルト、そして、ブランデーの瓶を眺めた。

「お誕生日、おめでとうございます」

空の英雄だった男の誕生祝いとしてはあまりに質素な品だったが、今のエーリヒはそれに十分満足しているようだった。

「ありがとう。これで、二十八になった」

エーリヒはグラスを置き、フォークに持ち替えて皿の上のタルトに手をつける。まだ左手ではうまくフォークを扱えないようで、タルトを割るのにやや手こずる。

だが、不要な手助けは今はかえってエーリヒのプライドを損なうだろうと、アルフレートは黙ってグラスに口をつけた。

「…あの夏から、ずいぶん遠くに来たものだ…」

懐かしそうに言うエーリヒの夏がどの夏を指すのか、すぐにわかった。

「ええ」

必死だった自分達に、何か通い合うものがあったあの夏の日…。あの森の中の木漏れ日のように透き通り、煌めいている夏でもある。

あれはやはり、エーリヒにとっても深く記憶に刻まれた日だというのなら、それは救いだ。

「基地への帰還時、君と飛びながら見た夕闇色に染まりかけた空は、とても美しかったな…」

ようやく割ったタルトのリンゴを口に運ぶエーリヒが小さく呟くのに、アルフレートは頷いた。

エーリヒの言う夕闇色の空が、今もなお、目の前に見える気がする。

あの空を永遠に眺め続けることができたなら、それは自分達にとってどれだけの幸せだったことだろうか。

Ⅲ

退院の日、エーリヒは迎えにやってきたアルフレートに手伝われ、軍服を身につけた。

髭《ひげ》は看護婦に手伝ってもらいながら剃《そ》り、髪は自分で整えた。シャツと軍用ズボンは自分ですでに身につけていたものの、ネクタイを結ぶにはアルフレートの手を借りなければならなかった。

しかし、アルフレートは顔色ひとつ変えず当たり前のように手早くネクタイを結んだので、精神的には救われた。

肩に上着を着せかけられ、袖を通す。先のない右の腕には、余った袖が重く感じられた。身につける服の生地の重みを意識したのは、初めてかもしれない。所在なく揺れる袖も、扱いに困る。いずれ、どこかに引っかけてしまうことは明白だった。

入院中に軍医に勧められ、汎用品の義手も試してみた。しかし、違和感がありすぎたので装着していない。

扱いづらく重い義手は、自分の手だという意識が持てなかった。首都テルトワに行けば、オーダーメイドでもっとぴったりとした装着感と使い勝手のよい義手を作ることができるだろうと言われたが、まだその気になれない。

だが、ネクタイなどは相性のいい義手と慣れとがあれば、自分で結べそうな気がする。

積極的に義手を使おうと思えないのは、こうも受け身である自分自身をまだ許容しきれていないせいだろうか。

かすかに眉を寄せたエーリヒの思いを見抜いたらしく、アルフレートは上着のボタンを留め、ベルトをつけたあとに口を開いた。

「差し出がましいかもしれませんが、隻腕の将官が上着の袖口に胸の前ボタンに掛けるためのボタンホールを作られているのを、以前、お見かけしたことがあります」

「なるほど、今度、仕立屋に相談してみよう」

エーリヒの応えにアルフレートは目礼すると、病室のドアを開けた。

見送りに出てくれた看護婦らに入院中の礼を述べ、アルフレートと共に基地内の司令官室へと戻る。副司令官に指揮を任せていたが、部屋はまだそのままに置いてあるとのことだった。

副司令官や将校らの出迎えを受け、エーリヒはひと月以上も不在にした詫びと部下達へのねぎらいを直接に伝えた。

エーリヒはこの負傷により、中佐から大佐へと昇進していた。

しかし、仮に義手を装着したとしても、現実問題として義手での戦闘機の機体操作は不可能だった。戦闘機の操縦桿の操作は直感的なもので、回避機動や反転上昇時などの緊急時ほど、重力や機体の重さが操縦桿に直接かかって重くなるため、義手では戦闘機を扱いきれないことはわかっている。

パイロット養成のための士官学校の教官となることも考えたが、受け入れ側の教官の中から、実際に戦闘機に乗務できない人間が現場で教えることはできないという反対の声があると聞いた。

片足を失ったパイロットで教官となった者はいるし、両手があれば義足でも戦闘機の操縦そのものは可能だ。ただ、両脚がそろっていても、義手ではやはり操作できないというのは全教官一致の見解だった。

戦闘機の操縦テクニックを教えるばかりが空軍士官学校の教官ではないが、やはり第一線にいたエーリヒに期待されるものはエースパイロットなりの技術なのだという。

また、空軍上層部からはエーリヒの名声と家柄とが重すぎて、周囲の教官や上官達とのバランスがとれないとも指摘されていた。いずれも現場の本音なのだろう。エーリヒとしては、無理を押して新しい勤務先の同僚を気まずくしたいわけではなかった。

結局、上層部の熱心な打診もあり、後方で航空団本部の作戦技術部参謀となることを受け入れた。上層部としては、空の英雄が参謀として本部勤務するとなればよりいっそうの宣伝効果がある。

一方、エーリヒにとっても、参謀ならば先のまったく読めない今の交戦状況を知り、前線で戦うパイロット達の厳しい現状を伝えることはできると思った。まだ、この国のために働くことは可能だ。前線を離れざるをえなくとも、少しでもそこで戦う飛行士らの救いになりたかった。

今日から数日は司令官室を整理し、後任の司令官に部屋を空け渡すための残務処理をして、三日後に首都テルトワの作戦本部へと移る。

司令官室へ入ると、すでにエーリヒがアルフレートに頼んでおいた大型トランクや書類搬送用の箱が用意されていた。

エーリヒはアルフレートを振り返る。

「すまないが、いくらかの手助けを頼んでいいだろうか?」

ほとんどを自分で荷造りするつもりだったが、荷物のうち、いくつかはやはり片腕では扱いづらいものだった。

「もちろんです。作戦技術部まで同行させていただきますので」

エーリリヒはそんなアルフレートの言葉を不思議に思って、振り返った。

作戦技術部へと移るのはエーリリヒのみで、基地に残るアルフレートに同行の義務はない。また、同行も命じていない。

アルフレートはきっちりと帽子に手を添え、敬礼をとる。

「明後日より、シェーンブルク大佐の航空団本部付作戦技術部参謀副官として同行する任務を、本部より拝命いたしました」

一瞬、エーリリヒは驚きのあまり言葉を失う。

そして、しばらく考え、口を開いた。

「貴官は非常に優秀なパイロットだ。以前にも言ったとおり、私のせいで割を食っていたのではないかと、申し訳ない思いもある。だが、私は空を飛んでいた時、誰よりも君を信頼していた。君が上空にいる時は、脅威をほとんど感じたことがなかった」

アルフレートはエーリリヒの言葉に、緑の瞳をまっすぐに向けてくる。

「これは非常に手前勝手な願いだとわかっているが…、他のパイロット達のために、この基地に残ってもらえないだろうか。君ならば、安心して『雪の一番機《シュネー・アイン》』を任せられる」

アルフレート自身が、すでにエースパイロットと呼ばれるだけの技量を十分に備えている。

それこそ、エーリリヒが一位の座を退いた今は、アルフレートにとっては北の王座につく好機でもあるし、その実力も申し分ないものだった。

「非常にありがたいお言葉ですが…」

アルフレートは敬礼を解くと、気をつけの姿勢をとった。緑色の瞳が、まっすぐにエーリリヒを見つめてくる。

「この基地の司令官として、ベテランパイロットのヴィルケ中佐が異動してこられます。シェーンブルク大佐同様、直接に戦闘の指揮をとられるとのことですので、一番機についてはヴィルケ中佐が搭乗されるものと考えます」

ヴィルケ中佐が司令官としてやってくるとは聞いていたが、半年前にパイロット任務を終えたという話だったので、その中佐が再度搭乗を承諾したというのはエーリヒにとっては初耳だった。

「私はこのたび、大佐の副官として同行できることを非常に名誉に思っております」

アルフレートの低く強い声に、エーリヒはいつにない頑なさを感じ、困惑した。これまで、この男が任務で言い返してきたことなど、一度もない。

「君が後方任務を希望するならばそれもいいが…、副官となれば、今の司令官補佐の立場よりも採決権などが制限されてしまう。かまわないのか？」

「かまいません。むしろ、大佐の副官となることを自ら望みました」

エーリヒの負傷に編隊を組んでいた仲間として自責の念があるから、副官として身のまわりの細々とした雑事をこなしてくれようとしているのだろうか。ならば、それはアルフレートの責任ではない。

「私の負傷に、貴官が責任を覚える必要はない」

「そのようなつもりもありません」

アルフレートは表情ひとつ変えずに応じる。

ある意味、とりつくしまもない頑強さだった。

エーリヒはかすかに眉を寄せる。

「では…、なぜ？」

確かにエーリヒの望みを誰よりも巧みに汲んでくれるし、共にいて助けられたことも一度や二度ではない。あの夏の日以来の、言葉にはできない固く強い絆もある。

側にいてくれれば、どれだけ心強いことか、自分の拙い言葉ではとても伝えきれない。

言葉に尽くせないからこその信頼関係だと思っていた。できることなら、常に側にいてほしかった。

だが、それではあまりにも申し訳ないし、アルフレートの士官としての可能性を潰してしまう。

アルフレートは乾いてさえ聞こえる声で、逆に低く尋ねてくる。

「私が副官として一緒に赴くのは、大佐のご迷惑になるのでしょうか？」

いつも自分に忠実であったアルフレートの頑なさに、ここまで困惑したのは初めてかもしれない。

「いや…、そういう意味ではない」

確かにアルフレートは少なくない戦功があるため、望めば後方勤務は可能だろう。

エーリヒに続く空の英雄を戦場で失ってしまうことを恐れる本部の意向で、アルフレートの希望が最大限考慮されたのか。

しかし、それがなぜ、エーリヒの副官となることなのか…。はたして、それでこの男は納得しているのか。

それこそ、最初にエーリヒが望んだ空軍士官学校の教官となることも十分に可能なのに。

「君は…まだ、空を飛ぶことができるのに」

それが自分にとってどれだけ眩《まぶ》しいことか。

もう、エーリヒにはかなわない夢だ。

「私は大佐と共に、参謀本部へ勤務することを希望いたしました」

アルフレートは静かな口調で、頑迷なまでに繰り返す。

時に強く、時には意固地なまでの北方グランツ人としての気質は、この男の中にも間違いなく流れている。

エーリヒがそうであるように…。

エーリヒはこの男を心変わりさせることができな

いことを悟り、声のトーンを落として繰り返す。

「今回の負傷は貴官の責任ではない。私を気にかけることはないし、責任を感じる必要もない」

「いえ…」

アルフレートはさっきまでの頑なさを消した、いつもの穏やかな声で応えた。

「そういう風に考えたことはありません。副官としての同行も、すべて私が望んだことです」

そこまでして、この男が自分に同行したいと望む理由は…、とエーリヒは青い瞳をまっすぐにアルフレートへと向けた。

はたして、それを自分も望んでいいのだろうか。これから先も、あの夏の日から続く深い絆を…。

「ならば…」

エーリヒはひと息吸うと、失った右腕の代わりに残った左の腕を差し出した。

「とても心強い。よろしく頼む」


アルフレートは頷くと、しっかりとした力のある大きな左手でエーリヒの手を握った。

四章

Ⅰ

グランツ帝国北部のC3基地から首都のテルトワまで、鉄道では南西に丸一日ほどかかる。

部下達に見送られてC3基地を出たエーリヒは、翌日、アルフレートと共に首都テルトワの中央駅を経由し、そこからさらに五十キロほど南にある、空軍や陸軍の本部の置かれた郊外のイエッセンに向かった。

本来、イエッセンまでは鉄道が延びているが、先日の空爆で南下するための線路が何箇所か爆撃を受けているため不通だという。そのため、中央駅からイエッセンへは車で向かった。

アルフレートと共に下士官の運転する迎えの車に乗ったエーリヒは、瓦礫《がれき》の山となったテルトワの街に眉をひそめた。

石造りの建物が崩れ、何丁も向こうまで街がほとんど素通しになっている。メインストリートに面した有名なホテルのガラスはすべてなく、壁は内側も外側も煤《すす》で真っ黒に汚れ、無惨な姿を晒していた。

道に積み上げられた山のような建物の残骸の横を、疲れたような顔の人々が行き交う。

「…酷いな、ベルトルルト通りまで建物が何もない」

エーリヒの呟きに、運転席の下士官が応える。

「おかげで残った建物の賃料が高騰しています。首都への空襲もこれで七度目ですので」

眉を寄せたエーリヒは、アルフレートと視線を合わせる。

皇帝の住まうテルトワ宮殿は、ベルトルルト通りからさほど離れていない。ニュースでは聞いていたものの、首都まで空襲に晒されるようになっては、いよいよ帝国にとっては存亡の危機だった。

「皇帝陛下はご無事なのだろうか？」

「宮殿の地下には王族用の防空壕《ブンカー》があるとは聞いています。今のところは、まだ大丈夫だそうです」

「そうか…」

　エーリヒは目を伏せる。今は元首であるリンツが議会を支配し、ほぼ独裁に近い力をふるっているが、元来、グランツ帝国とは皇帝の名のもとに議会が政《まつりごと》を司っているはずだ。先の戦争でサン・ルー共和国に負けたとはいえ、戦いには時の運もある。開戦には当時の議会の意向もあった。責任はすべて皇帝のハインリヒ四世にあるとは、エーリヒは思わない。

「イエッセンは無事です。あちらの大型掩体壕《えんたいごう》は地下城塞といえる堅牢さですので、リンツ元首には傷ひとつありません。イエッセンの方が安全ですよ」

　大丈夫だと請け負う下士官に、それは違うとエーリヒは口を開いた。

「イエッセンが無事でも、国民が空襲で被害に遭っているようでは国を守れたことにならない。議会だって、このテルトワの議事堂で行われるはずだ」

　はぁ、と下士官はわかったような、わからないような声を出す。

　リンツ元首やその取り巻きが無事だったからといって、国にとって何の救いになるのかとエーリヒは無惨な姿を晒す街並みへと視線を戻す。

　今はこの悲惨な情景から目を逸らしてはならないのだと思った。

「そういえば、ご家族は落ち着かれましたか？」

　アルフレートに低く尋ねられ、エーリヒは頷いた。

「ああ、今はヴァーレンの別荘にいるらしい。そちらの方が、安全だろう」

　アルフレートの村の別荘に避難したと聞き、安堵したところだった。

　半ば焼け落ちたとはいえ、シュテューラー城は対外的にもその美しさで広く知られた城だ。国民の戦意を挫《くじ》くために、N連邦から再度空襲で狙われる可能性は高い。

「母上が避難時に背中を痛めたらしい。ちょうど療養にもいい」

「そうですね、今はヴァーレンの方がお気も休まるでしょう」

アルフレートは頷いた。

あちこちが焼け落ちたテルトワを抜け、車は郊外へと南下してゆく。

住宅地が牧歌的な眺めに変わり、やがて湖や森の多い緑豊かな景色となる。エーリヒの故郷である北部とは異なり、針葉樹よりも広葉樹が多い、明るい雰囲気の中部地方の山麓地帯だった。

連合国側の空襲部隊は主に西側から飛んでくると聞いているが、このあたりは緑深いせいか運転手の言うとおり、まだ空襲の対象にはなっていないらしい。

森の中の道を延々と縫って山際へと走りながら、本当にこんな何もないところに空軍本部が移されたのだろうかと思った頃、森林の中に検問所が現れた。

ゲートには警備兵が二十人近く、木立の中にはさらに何十人もの警備兵が見える。

「厳重な警備ですね」

アルフレートが低く呟いた。

警備の少尉はエーリヒの顔を知っているようで、一瞬目を瞠って敬礼してきたが、規則なので身分証明書《ゾルトブーフ》を見せるようにと要求してくる。エーリヒとアルフレートは、おとなしく身分証を提示した。

再度敬礼で見送る少尉をバックミラーに見ながら、運転の下士官は誇らしげに説明した。

「検問所は四箇所、周囲は地雷原と有刺鉄線、警備兵二千人に守られています。ここの城塞都市は不落ですよ」

なるほどその説明どおり、徐々に警備兵の増える検問所をあと三箇所通り、ようやく到達したのは森の中にいくつも設けられたコンクリート造りの建物の群れだった。下から見ると分厚く頑丈なコンクリートで造られていることがわかるが、空襲対策で屋根材はダミーなのか、農家でよく見かける簡素な石葺《ぶ》き屋根だったり、板屋根だったりする。ご丁寧に煙突や窓までが設けられていた。

五つ、六つ見受けられる大型で分厚い台形の指令本部と思《おぼ》しきコンクリートの建物は、上に緑の木々が植えられてカムフラージュされている。

森の中に比較的こざっぱりとした建物が点在しているのは、将兵用の宿舎だろう。おそらく空からの見かけだけなら、簡素な別荘程度にしか見えないに違いない。

運転してきた下士官は、その森の中の建物の前に車をまわす。

「夕食前にリンツ元首が直接に、シェーンブルク大佐に会われたいとのことです」

車から荷物を運び下ろしながら、下士官は伝えてくる。

「承知した」

エーリヒは言葉少なに頷く。

「将官用の食堂は向かいの棟に。社交クラブやダンスホール、映画館などはその地下にあります。明後日の夜には、ザイデル宣伝大臣主催のパーティーなどもあるようですよ」

「パーティー？」

エーリヒは尋ね返した。平時や戦況が思わしい時ならともかく、首都が何度も空襲を受けている時にまでパーティーは必要なのだろうか。

「きっと、その件についても後ほど、正式な招待があるかと思います」

「…そうか」

作戦総本部は北部戦線とはかなり違う特異な場所なのだとあらためて痛感しながら、エーリヒは荷解《ほど》きのために大型トランクを開けた。

Ⅱ

アルフレートの右肩から胸許にかけては、今は副官としての証《あかし》に銀色の副官飾緒《しょくしょ》が揺れる。

リンツ元首自らが最高司令官として指揮を執る建物のかたわらにある士官用管理棟の一室で、アルフレートはエーリヒの軍帽を受け取り、部屋の隅へと下がった。

あまり気乗りしない様子のエーリヒを、二人の義手の専属技師が衝立の向こうへと招く。

「大佐、どうぞこちらへ」

エーリヒはわずかばかりの溜息をつくと、無言でその衝立の中へと入ってゆく。

エーリヒの細身の身体には、帝国空軍規定のミディアムブルーの軍服が映えた。黒のネクタイを締めた襟許には、銀のボタンと柏葉剣《かしわばけん》ダイヤモンド付騎士章が輝いている。先日の接見でもリンツ自らが、『帝国軍人の至宝』とまで讃えた端麗な容姿だ。

ただ、以前のアルフレートのアドバイスを受けて、軍服の右袖は肘を軽く曲げた状態で、先の余った部分を胸の銀ボタンに銀の飾り緒で留めつけてある。

エーリヒ自身はそれで動きやすくなったと喜んでいたが、どうもリンツとザイデル宣伝大臣にとっては、見事な容姿を損なうもののように見えたらしい。

その容姿に見合った最高レベルの義手を贈るとリンツが言い出し、ザイデルも大佐の美しい容姿には象牙の義手が合うだろうと褒めそやしたことから、今日の採寸となった。

衝立の向こうでエーリヒがシャツを脱ぎ、肩や腕の長さなどを細かく採寸されている間、アルフレートはただ黙ってそれを待つ。

評判どおりに腕の立つ職人らしく、義手を使う時の用途や食事の際の仕種《しぐさ》、日常の癖なども事細かに尋ねられている。感情を表に出すことを嫌うエーリヒは、淡々とそれに応えていた。

やがて、再度エーリヒがシャツを身につける気配のあと、技師に何か言われたのを断り、エーリヒが衝立の内側からアルフレートを呼んだ。

「中尉、悪いがネクタイを結んでほしい」

左手でネクタイを差し出され、エーリヒが技師らに頼むよりも、自分に世話を任せたのだとわかった。

「承知しました」

アルフレートはエーリヒからネクタイを受け取り、その襟許にネクタイを掛けると手際よく結ぶ。

いつものようにわずかに目を伏せたエーリヒの表情だけを見ると、人にかしずかれることに馴れているようにさえ見える。

しかし、必要以上に人に弱みを見せることを嫌うエーリヒは、逆にアルフレート以外の人間に身のまわりを任せることを避けていた。

言い換えれば、これはエーリヒがアルフレートだけに許した特権ともいえる。

アルフレートはエーリヒの肩に、上着を着せかける。

「義手が出来上がれば、多少のコツはいりますが、ネクタイもご自分で結べるようになりますよ」

比較的人のよさそうな年配の技師が声をかけてくる。エーリヒの心理的な負担はそれで減るのだろうかと、アルフレートはエーリヒの利便性を喜ぶ一方で、身のまわりの世話を任せられた特権が失われることを少し惜しんだ。

「出来上がりましたら、一度お試しいただいて、再度細かく調整いたしますので」

完成までに三週間ほどかかるという言葉に頷き、

エーリヒはアルフレートを伴って部屋を出る。

「義手があると、便利なのだろうか？」

廊下を歩きながら、ふとエーリヒが尋ねてくる。

「ある程度は、慣れも必要だとは思いますが」

「病院で試した義手は、ただ重くて、扱いづらかったが…」

「オーダーの義手は、慣れれば自分の第二の腕のようだとザイデル宣伝大臣が…」

義手があれば、再びダンスも可能だと大げさに言い立てたのはザイデルだった。

「当の大臣は、義手が必要ないお方だ」

エーリヒの辛辣な言葉に、アルフレートは目を伏せ、苦笑を隠す。

「それは確かに」

「別に誰かとパーティーで浮かれて踊る必要もない。私はダンスをするために参謀になったわけではないのだから」

エーリヒは低く言い捨てた。


アルフレートがエーリヒと共に統合参謀本部へと戻ってくると、事務方とやりとりしながら歩いてくる陸軍将校のフィールドグレーの制服を着た男が目に留まった。

ダークブロンドに少し目尻の下がった緑色の瞳を持つ長身の男は、顎のしっかりした華やかな容姿を持っている。襟章と肩章を見るにエーリヒと同じ大佐である男の袖には、情報部のリボン状の袖章がついていた。

向こうも早々にエーリヒに気づいたらしく、やや厚めの唇に親しげな微笑みを浮かべた。

その笑い方と顔立ちに思いあたったらしく、エーリヒは足を止める。

「やぁ、我が麗しの従兄弟殿！」

共に歩いていた相手と別れ、親しげに声をかけてくる情報将校に、表情の薄さで知られたエーリヒも珍しく飾りけのない笑みを向けた。

「エーリヒ、そう呼んでかまわないだろう？」

親しげにエーリヒの肩を抱き、迷うことなく左手を差し伸べてエーリヒの残った左腕と固い握手を交わしながら、男は尋ねかけてくる。

従兄弟というのならそうなのだろうが、かたわらのアルフレートにまで妙に親密な雰囲気を見せつけてくるような男の様子に、アルフレートは微妙な不快感を覚えた。

「母上はお元気か？」

「ええ、元気にしているようです。今、少し背中を痛めているようですが…」

「それは心配だな。うちの母も腰を痛めていて、特に冷えが堪《こた》えるようだ」

言いかけ、男は悪戯っぽい目をエーリヒへと向ける。

「君、まさか、僕の名前を忘れたわけじゃあるまいな？　今、こいつは誰だっけ、などと思っちゃいないだろうね？」

「ユリウス。七つ上の従兄弟のユリウス・フォン・エッツォ。…私の記憶に間違いがなければ」

互いに子供時代から知る相手だからか、エーリヒの返しもいつもよりもくだけている。

ユリウスはニヤリと笑った。エーリヒの七つ上だとしたら、男は三十五歳になる。

「間違いないようで安心したよ。ずいぶんすました顔をしているから、てっきり、私のことなどわからないのかと思っていた」

「そんな…、昔、私の兄と一緒になって私をいじめてくれたことは忘れてはいません」

「言うねぇ。私の『雪の女王《シュネーケーニギン》』。そんなウィットに富んだ言いまわしは、君の母上そっくりだ。美しい上に、とても機知に富んだ方だ。子供の頃から、とても憧れていた。いまだに私の理想の女性だよ」

「あなたはよくそう言っては女性を口説いていらっしゃると、叔母上から聞いていていますよ」

「その減らず口が憎たらしいな」

口ほどに憎らしい様子もなく、ユリウスはエーリヒの肩を抱いたまま廊下を歩く。

親しげな笑みと朗らかさ、その容姿のよさなどを見るに、するりと人の懐に入るのがうまいらしき相手だとアルフレートは思う。エーリヒが普段、他人に対して置いている隔てのようなものがほとんど感じられなかった。

ユリウスの屈託のなさのせいか、アルフレートに対するものよりもさらに親しげな態度や表情を見せている。

ユリウスはちらりとアルフレートを振り返り、エーリヒの耳許でささやいた。

「番犬のような男だな。君に律儀についてくる」

聞こえるように言っているのか、たまたま漏れ聞こえているだけなのか、アルフレートがわずかに視線を向けると、笑みを含んだ男と目が合った。

エーリヒの母方の従兄弟だとしたら、家系的にもハイリゲンヴァルト王国の旧貴族だ。アルフレートは自分の中の反感を悟られないように、わずかに目を逸らす。

「副官ですから」

エーリヒはさらりと言葉を返した。

「どうかな？」

ユリウスの声が笑いを含む。

「ただの副官なら、あんな目つきで君を見てこない。あれではまるで、飼い主の愛情を必死で乞う犬だ。今にも私に噛みつきそうな顔をしている」

この言い分なら、初対面にもかかわらずユリウスの方も自分に好意を持っていないらしいと、アルフレートは男の言葉を受け流す。

「優秀な士官ですよ」

従兄弟の揶揄《やゆ》も、エーリヒはまともに請け合わない。

「すぐに人をからかうのは、あなたの悪い癖です。そういうところは憎めないとは思いますが」

エーリヒは従兄弟を、笑みを含んだ目つきで見上げた。

「あなたにかかれば、誰も彼もが意味ありげな間柄になります。執事のアーレントと、家政婦長のマニンガーがかつて恋仲だったたと、子供だった私を騙したことを忘れませんよ。あとで兄や姉に散々に笑われました」

「ああ、あれは可愛《かわい》くて素直だった君をからかいたくて」

「いつまでも可愛くて素直なままだと思わないでください」

「本当だ、昔のように簡単には顔色を変えてくれない」

楽しげに言うユリウスは抱いていた肩を解くと、あらためてエーリヒの肩章をとんと軽く突いた。

「空軍の参謀本部に異動になったたな。君はずいぶんリンツ元首にも覚えめでたかったからな。負傷については大変だったね。リンツ元首自ら、義手の手配をすると言ったとか?」

「ええ…、先ほど採寸を」

ユリウスは気の乗らないエーリヒの顔色を巧みに読み取ったらしい。

「気に入らないのか? どんな贅沢な義手でも、思いのままなのに? いっそ、すべての指に爪の代わりにルビーをあしらってほしいとでも頼んだらどうだ?」

「からかわないでください。そんな贅沢な義手は必要ありません。むしろ、義手自体、本当に必要なものなのか…」

　苦み混じりのエーリリヒの言葉に、ユリウスは予想外に平静な声で応じた。

「だが、上位の人間に会う時ほど、基本的には負傷部位は何らかの形でフォローするのが望ましい」

　気に入らない男だが、この話は一応もっともなものだ。

　しかし、エーリリヒは納得がいかないのか、わずかに目を伏せただけだった。

「母も含めて、君の負傷をとても心配してたんだ。君がこちらに異動になったと聞いて、C3基地に電話をかけたんだが、君の出発の日で入れ違いになっていた。困ったことがあれば、何でも言ってくれ」

「ありがとうございます」

「皇帝陛下も、君の怪我をずいぶん残念がっておられた。国を守る翼を、またひとつ失ってしまったと…」

　リンツの名前にもほとんど反応しなかったエーリリヒは、皇帝ハインリヒ四世を知るらしき従兄弟に驚いたようで、その顔を見つめ返す。

「それは…、もったいないお言葉です。ユリウス、貴兄は陛下と会う機会も？」

「ああ、私の上司のレーダー中将がハインリヒ四世陛下の従兄弟にあたる。君と私のような間柄だね。なので、お側に伺う機会もある」

「それでは、私がありがたいお言葉に礼を申し上げていたとお伝えください。陛下も御身に気をつけてお過ごしくださいと…」

「もちろんだ、君みたいに優秀な人間が参謀本部へ異動すれば、陛下もお心強いだろう」

　ユリウスはとんとエーリリヒの肩を叩いた。

「ここでは、様々なツテを使って他の将校とも顔つなぎをしておいた方がいい。人とのつながりは大事だ。私の数少ない自慢は友人が多いことと、顔が広いことだからね。ぜひ、利用してくれ」

「今は情報部にいらっしゃるんですね？」

様々な事情に通じているらしき従兄弟に、エーリヒは尋ねる。

「ああ、色々と俗な話に通じているからかな？　今度君を誘った時には、ぜひにも顔を出してくれ。待ってるからね、絶対だよ」

念を押され、エーリヒは頷いた。

「じゃあ、また」

人好きのする笑みを残し、ユリウスは去ってゆく。

「従兄弟のユリウス・フォン・エッツオ大佐だ。私の兄と仲がよくて、子供の頃からよく知っている。顔を合わせるのは久しぶりだが」

「情報将校ですね」

いかにも人や物資の動向に鼻の利きそうな男だと、アルフレートは男の背中を目で追った。


エーリヒの親族だというのに、本心を隠して他人の前で笑うことに何のためらいも持たなそうな相手だと思う自分は、ユリウスの人となりを見誤っているのだろうか。

「顔が広くて友人の多いのは昔からだ、その特性を買われたんだろう。以前から、周囲の人間の関心を巧みに集める従兄弟の話術には、いつも感心させられていた。私はさして話もうまくないので、対極ともいえる社交術だ」

「今度誘うとおっしゃってましたが…」

番犬と称されたアルフレートは、これから先も頻繁にあの男と顔を合わせることになるのかと、複雑な気持ちになる。

「そのようだ。もし、誘いがあれば君も一緒に来るといい」

アルフレートはユリウスに対する反感を口にするわけにもいかず、承知しました、とただ頷いた。

Ⅲ

特殊文書保管室へと電話をかけ終えたエーリヒの浮かない顔に、アルフレートは声をかける。

「どうかしましたか？」

「いや…、空軍の作戦参謀では特殊文書保管室に立ち入ることはできないらしい」

「大佐でも…ですか？」

過去の特殊作戦や一部の重要軍法裁判などについての機密書類をそろえた特殊文書保管室に作戦参謀が立ち入れないと聞き、アルフレートは驚く。

「ああ、特殊文書保管室は情報部の管轄になるらしくて…」

「正式に作戦本部の書類を整えますか？」

手続きに数日を要するが、情報部経由での承諾はもらえるだろう。

「いや…、それには及ばない」

エーリヒは珍しく曖昧に目を伏せる。

それほどの用件ではないと言いきるわけではなく、数日待つからと手配を命じるわけでもないエーリヒの思惑を察したアルフレートは、ひと呼吸置き、口を開く。

「…では、お身内のエッツォ大佐に依頼するのは？」

エーリヒは表情薄くアルフレートに視線を向けてくる。

「それが早いだろうな」

本来ならそういう手口を好まないエーリヒがあえてユリウスに裏から手をまわしてくれるよう頼む選択をするのは、アルフレートが察したように、私的に特殊文書を閲覧したいからだろう。

「エッツォ大佐は信用に足る方ですか？」

「従兄弟だ。歳は少し離れているが、子供時代はそれなりに遊んで育った。遊んでもらったと言うべきか…、特に私の兄とは親しい」

ならば…、とアルフレートは口を開く。

「そうされるのがいいかと思います」

アルフレートにとっては不本意だが、エーリヒが何かを調べたいというのなら比較的安全な手でもある。

エーリヒは頷くと、情報部に電話をかけ直した。ユリウスからは快諾が得られたらしく、エーリヒは特殊文書保管室へとアルフレートを促す。

長い地下廊下の先にある特殊文書保管室には、ユリウスの方が先に来ていた。

「やぁ、さっそく頼ってくれて嬉しいよ」

ユリウスは気さくに声をかけてくると、保管室入り口の係官に身分証を提示し、二人を中へと促す。

「ユリウス、調べたいものなんですが…」

幾つもの棚の並んだ保管室内で口を開きかけるエーリヒに、ユリウスは小さく手を挙げてその先を遮る。

「私は入り口の係官に煙草でも差し入れてこよう。時間がかかるようなら、いくつか自分の仕事をすませたあとに頃合いを見計らって戻ってくる」

「一、二時間もあれば」

「では、二時間後だ」

ユリウスは腕の時計を確認すると、エーリヒとアルフレートの二人を中に残して出てゆく。

自分が直接にエーリヒに声をかけられた理由もわかっているのだろう。エーリヒの調べたい内容については詮索しないということかと、アルフレートはその背を見送る。

エーリヒは薄々アルフレートが推察していたとおり、特殊作戦ではなく、軍事裁判のファイルをチェックしはじめる。

アルフレートは利き腕が使えないエーリヒに代わり、エーリヒの示したファイルを開き、中の書類を見せる。

いくつかのファイルに目を通したエーリヒは、やがて低く溜息をついた。

「他もご覧になりますか？」

エーリヒの目を通したのが、すべてリンツ元首の暗殺事件にかかわるものだった。その数は公《おおやけ》になっているものよりも多い。

結果はどれもかんばしくなく、関係した将校らは皆処刑されており、ひどいものでは即日軍法裁判、その日の夜中には処刑というものもあった。

エーリヒは頷くと、他に数点のファイルをチェックした。そんなエーリヒの行動の危うさに気づきながらも、アルフレートは最後までその文書チェックに黙ってつきあう。

「そろそろ、エッツォ大佐のお戻りになる時間です」

アルフレートが促すと、エーリヒはとうとうこらえきれなくなったのか、低く呟いた。

「誰も、あの男の暴走を止められないのか」

アルフレートはエーリヒの前に扉を開く。

あの男が誰を指すのかは、明白だった。

「ガーランド中将も更迭されたばかりですので、皆、表立っては…」

アルフレートやエーリヒのいた北部戦線の激戦区には首都テルトワのいざこざは伝わってこなかったが、いざ、首都に戻ってみると、皇帝や議会の存在はずいぶん蔑《ないがし》ろにされていた。

戦前から軍に所属していた帝国や皇帝への忠誠心の厚い、ルドルフ・リンツ元首にも真摯な意見を述べる有能な将軍らは指揮の実権を奪われ、リンツの取り巻き達が専横を極めている。

ここしばらくの間、リンツ元首と帝国軍参謀部の関係は、けして良好とは言えなかった。エーリヒやアルフレートが考えていた以上に、軍事についての素人ばかりの政権幹部が思いつきとリンツの機嫌取りのために、軍を消耗させる無茶な作戦を実行しようとしている。

その無理な結果が、今のエーリヒの負傷の原因でもある。無謀な戦略によって、優秀な熟練パイロットと戦闘機を大量に失い、一日に何度も無理な出撃を繰り返した挙げ句、整備の追いつかない疲弊した機の同僚を庇って片腕を失った。

結果的にそれは部下である整備兵らを責めることにもなるため、エーリヒは報告書にも記載していないが、北部戦線にいた者ならば皆知っている。

「北も西も、とうにボロボロだ。今、中将を更迭している場合ではないのに…」

参謀本部にやってくれれば、少しでも前線で戦う将兵らを救えるのではないかという望みをエーリヒが抱《いだ》いていたことは知っている。

そして、その望みがあえなく潰《つい》えたことも、今日、エーリヒが何を思って機密文書に目を通しに来たのかも…。

「今夜の作戦会議で、北部戦線の限界と講和への方向性を進言してみる」

今後の空軍の動きを決める全体作戦会議だった。

「かないますか？」

ファイルを戻しながら、アルフレートは尋ねる。

「講和は無理でも、せめて休戦などかなえばいいが…」

エーリヒはそれきり、口をつぐんだ。


「失礼いたします」

かたわらに置いていた鷲《わし》章のついたミディアムブルーに銀モールの軍帽を左手に取り、小脇に抱えると、エーリヒは帝国空軍の航空団本部付作戦技術部の入り口で、右腕を失う前と少しも変わることのない優雅な一礼をしてみせた。

アルフレートは、一礼して扉の方に向き直ったエーリヒの前に、いつものように扉を開く。

部屋を出たエーリヒに続いたアルフレートが扉を閉めると、エーリヒは残った左手で制帽を頭の上にかざした。

アルフレートは黙ってその帽子を受け取り、形のいい頭の上にかぶせる。整ったエーリヒの顔立ちには、デザイン性の高い軍帽があつらえたように似合うのを確認し、わずかに頷く。

続けてエーリヒがポケットから取り出して差し出した片手分の黒い山羊《やぎ》の一枚革の手袋を、アルフレートは受け取ってそのすらりとした手にはめた。ぴったりと手に添うように作られた革の手袋は、指先まで完全にはめるのに少しの時間を要したが、エーリヒは眉ひとつ動かさず、不服も口にしなかった。

けれども今日に限って、エーリヒはアルフレートが手袋をはめ終えたあと、わずかに短く溜息をついた。

エーリヒのいつにない溜息を訝《いぶか》しく思い、アルフレートは視線を上げる。

白い額にうっすらと浮かんだ汗に、アルフレートは持ち前の低く響く声で尋ねた。

「大佐、痛みが？」

「いつものことだ。たいしたことはない」

短く答えると、エーリヒは背筋を伸ばしたまま、先に立って歩き出す。

エーリヒは人前で痛みについて洩らすことを、弱さや恥だと教えられて育っている。すぐ側で身のまわりの世話まで引き受けるようになったアルフレートにすら、その痛みについてはほとんど語らない。

だが、エーリヒが失った腕の先は、今も時折、まだ存在するかのように強烈に痛むようだ。その痛みは、失った箇所を万力で押しつぶされるような苛烈なものなのだと、執刀した医師から聞いた。

事実、時折、エーリヒが気が遠くなるほどの痛みに耐えて身体を折り、蒼白になっているのを見たこともある。北部からテルトワに戻る列車の中でも、いっとき、真っ青になって座席にもたれ込んでいた。あの時は、半ば気を失いかけていたのだと思う。

「隊舎に帰る」

エーリヒはうっすらと青ざめながらも、乾いた声で命じた。その声音に、アルフレートは痛みと同時に、強い憤りがエーリヒの胸の内にあることを早々に察した。

予想どおり、エーリヒの進言はかなわなかったのだろう。

アルフレートが運転する高級将校用の指揮官車で隊舎へ向かう途中も、終始、エーリヒは黙っていた。

車を降り、隊舎の二階奥にある自室に戻ると、エーリヒは溜息をつきながら、アルフレートの前に左手を差し出した。

「中尉、悪いが頼む」

アルフレートは黙って差し出された手から黒の革手袋を外し、額に冷や汗を浮かべるエーリヒの後ろで扉を閉める。

人前では以前と変わりなく、平静な面持ちで振舞っているが、エーリヒは腕を失ったあとは必要以上に自分の姿を人目に晒すことを避けるようになった。

痛みに耐えきれなかった時、人前で醜態を晒すことになるのではないかと恐れているらしい。

エーリヒは片腕を失った時の苛酷な痛みも、パイロットとしては二度と空を飛ぶことができないと知った時の懊悩《おうのう》、絶望も、すべて自分の胸の内に押し込め、時に家族以上の近さですべてを見てきたアルフレートにさえ、何も告げない。

しかし、ずっと影のように寄り添ってきたアルフレートには、エーリヒが前置きもなく突如襲ってくる強烈な痛みを子供のように恐れ、持てあましていること、それをあえて言葉にして晒してしまうのは自分の弱さだと信じる純粋さすら、手に取るように理解できた。

そんな葛藤や苦悩、潔癖さの何もかもが愛《いと》しい。

世間が考えるよりもはるかに純真で、不器用なまでにまっすぐなその気性が、何よりも慕わしかった。

鍵を閉めた部屋の中で、アルフレートは許可を得て、銀の留め金のついたエーリヒの黒革の飾りベルトを外し、上着を脱がせてハンガーに掛ける。

続いて、襟許の騎士十字章を外し、きっちりと締められていた黒のタイとシャツの襟許もゆるめた。

許可を得て、ネクタイも解く。

上着を脱いでシャツ一枚の姿となると、美しい容姿を持つ分、とりわけ右前腕のないエーリヒの異形は目立った。

アルフレートは浴室に入り、タオルを熱めの湯で絞って戻る。

「大佐、薬をお持ちしましょうか？」

ベッドに腰掛けたエーリヒの前に跪《ひざまず》くと、青白い額にべっとりと浮かんでいた汗を丁寧に拭いながら尋ねた。

「いい、どうせ、ほとんど効かない。…それに、さっきよりもずいぶんとましになった」

相当に痛みが酷いのだろう。エーリヒは力なく呟く。アルフレートはこめかみから首筋までをそっと拭った。

「今日はこのままお休みになりますか？」

「ああ、そうする…」

エーリヒはベッドに腰掛けたまま、アルフレートに目を向けてくる。

「中尉、申し訳ないがブーツを頼んでいいだろうか」

立ち上がって、ブーツを脱ぐためのブーツジャックのところまで行くことすら、今は辛いらしい。

否のあるはずもなく、アルフレートはエーリヒの足許に膝をつき、黒革の膝丈のロングブーツにうやうやしく手をかける。

ぴったりと脚に沿ったブーツは、腕のいい職人の手によるオーダーものだった。その分、普通でも着脱にかなりの手間を要する。

アルフレートはまっすぐに伸びた形のいい脚をそっと持ち上げ、大事に小脇に抱えるようにして、ブーツをゆっくりと脱がせてゆく。

「足を洗いましょうか？」

痛みが辛いのか、眉を寄せたまま後ろに片腕をつき、自分がブーツを脱がせる作業を力なく見ているエーリヒを見上げ、アルフレートは尋ねた。

「ああ、頼む」

アルフレートは両方のブーツを丁重に脱がせたあと、いったん、エーリヒの脚にムートンのスリッパを履かせ、洗面所でホーロー製の深めの盥《たらい》に温かな湯を汲んで戻ってくる。

その間も、エーリヒはベッドに腰を下ろしたまま身をかがめ、残された左手で靴下を脱ごうとしていた。その危なっかしい姿勢に、アルフレートは床に盥を置き、失礼します、とエーリヒに代わって靴下を脱がせる。

そして自分の軍帽を取ると、上着を脱いでシャツの袖をまくり上げた。もとのようにエーリヒの足許に膝をつくと、乗馬ズボンの裾の紐《ひも》を解き、丹念に膝まで折り上げる。

アルフレートの介添えによって真っ白な脛《すね》をほどよい温度の湯の中にひたし、ようやくエーリヒはわずかばかりの安堵の息を洩らした。

鎮痛剤は効かないが、脚などを温めると痛みもやわらぐらしきことを、アルフレートはよく知っていた。

「身体はお拭きしますか?」

「いや、明日の朝、シャワーを浴びる」

爪先まで形よく整った白い脚を、アルフレートは丹念に湯の中で洗った。

「助かる、アルフレート」

短い礼だったが、アルフレートは自分が親しく名前を呼びかけられたことに薄く微笑む。そこにどれだけの感謝の念がこめられているか、十分にわかるからだ。

その後、少しでも痛みを紛らわせるために、湯を汲み替えてさらにゆっくりと足裏をマッサージした。

足や手指の爪などもすべて、利き腕を失ったエーリヒに代わり、アルフレートが丁寧にやすりをかけて整えたものだ。退院してから一度、着替えの際に爪を整えようかと申し出てみると、身なりを整えるのに色々と困っていたのだろう。助かる、とエーリヒは小さく頷いた。


以来、身のまわりの細々とした世話は、すべてアルフレートが行っている。

「参謀本部への異動でお疲れになっているんでしょう。ここはあまりにも、北部戦線とは違います」

「そうだな、違いすぎる…」

エーリヒは苦さの滲《にじ》んだ声で呟く。

エーリヒは、じっと湯の中でやわらかくたわめられる自分の脚を見下ろしていたあと、やがて口を開いた。

「ここへ来るまでは、あそこまで皇帝陛下が、…そして、私の国が、あの連中に蔑ろにされているとは思わなかった」

アルフレートはエーリヒの足に手を添えたまま、顔を上げた。

この間から、エーリヒがずっと何事か考えているようだと察しながらも、自分からそれを尋ねかけたことはなかった。今日確認した機密文書についても、その意図は尋ねていない。

エーリヒは差し出がましく胸中をあれこれ詮索されることを好まない。アルフレートも、その必要を感じなかった。エーリヒが必要だと思うのなら、自分から説明してくれると信じている。

「テルトワはずっと空襲の恐怖に晒されているというのに、このイエッセンのいくつもの大型掩体壕。映画館や娯楽室まで備えて、まるでリゾート施設のようだ」

首都の空襲を避けて将兵らを引き連れ、リンツ元首は郊外にひとつの街ともいえる大型地下シェルター付きの統合司令部を作った。食堂や娯楽施設、運動施設、将校のための宿泊棟や社交場、飛行場まで備え、すべてがここで事足りる。

まさに王族の保養施設の様相を呈しているのには、アルフレートもどうかと思った。誰よりも守るべきは国民であり、ここ十年そこそこで急に成り上がった国家元首ではない。

「皇帝陛下なら、ここまで無理な作戦で軍を消耗させることもないだろうに。事実、N連邦に侵攻された際には、軍は短期間で十分な戦果を上げて勝利した。先の戦ではサン・ルー共和国に負けたが、兵士の死傷率はけして高くはなかった。今の北部戦線はただの消耗戦で、パイロットなど使い捨てだ。いずれはN連邦に押し負ける」

「あまりそれを表立って表明されては、向こうに足許をすくわれることになります。それこそ、ガーランド中将のように…」

ふいにエーリヒの左手が伸び、強い力でアルフレートの肩口をつかんだ。

「アルフレート、貴官の忠誠は、どこに向けてある?」

真摯な色を浮かべる青い瞳を、アルフレートはまっすぐに見上げる。

「我が母国と、皇帝陛下」

士官学校に入る際、必ず述べる国への忠誠の言葉だった。しかし、この言葉も近年は『皇帝陛下』が『我らがリンツ元首に』という言葉に置き換えられているという。

そして…、とアルフレートは続けた。

「あなたに」

エーリヒはしばらくじっとアルフレートの目を覗き込んでいたが、やがて、ひとつ頷くとアルフレートの肩を離した。

「今日はもう十分だ、アルフレート。ありがとう」

名前を呼ばれたアルフレートは、自分の言葉に込められた意味をエーリヒが察したのだと解釈した。

エーリヒの足を丹念に拭い、アルフレートはもとのようにムートンのスリッパを履かせる。

金盥の湯を洗面所に空け、椅子の背にかけてあった上着と帽子を取ると、アルフレートは部屋の扉の前で振り返る。

「それでは、失礼します」

寝間着に着替えかけていたエーリヒは振り返る。

「ああ、おやすみ」

そのさっきよりも穏やかな声を聞くに、痛みも少しはやわらいだようだ。まだ残る痛みを耐える姿は、エーリヒも見られたくないだろう。

「おやすみなさい」

愛しさをこめて挨拶を送り、アルフレートは扉を閉めた。

Ⅳ

夜の将校クラブではステージの真ん中でバンドを従え、金髪の人気女優がシャンパンのグラスを手ににこやかに歌っている。

テーブルの上には、最近ではめったに見ることのないキャビアの載ったカナッペがあった。

ユリウスに連れられ、エーリヒは高名な陸軍将校や海軍将校に引き合わされているところだった。

「ご存じでしょう？　エーリヒ・ヴィクトル・フォン・シェーンブルク。私の自慢の従兄弟ですよ」

ユリウスはにこやかに紹介してくれるが、エーリヒの幼い頃より数々の戦功を上げてきたその名だたる面々には、さすがにエーリヒも緊張している。

都度、グラスを交わしたせいか、場の緊張もあってか、いつもより酔いも早い気がする。

「オスター海軍大将は情報部の部長で、事実上、この国の諜報機関のトップだ」

これこそ名誉の負傷だ、君こそ我々の誇りだよ、と大きなしっかりした手でエーリヒの左手を臆することなく握ってくれた男のもとを離れながら、ユリウスは丁寧に説明してくれる。

ユリウスにパーティーに誘われた時、あまり気乗りしなかったが、他の将校とも顔つなぎしておいた方がいいと勧められ、エーリヒはこの場に連れられてきた。

当初、アルフレートに一緒に来るといいと声をかけてはいたが、参加メンバーの名前を聞くに、軽々しく副官を同席させていいパーティーでないことはすぐにわかった。事実、副官クラスの将校は皆、別室で控えているか、上官を送り届けてそのまま車で引き返していった。

高名な女優や歌手と浮き名を流すことで知られたザイデル宣伝大臣が、ステージに上がって女優のグラスに新たにシャンパンを注ぎ、拍手や冷やかしの声が上がる。そのシャンパンがステージに溢《こぼ》れ落ち、女優が華やかな笑い声を上げてザイデルがおどけた仕種を見せると、また大きな笑いが起こった。

エーリヒは笑えず、とっさにステージから視線を逸らしてしまう。

前線からは想像もつかない奢侈《しゃし》なパーティーと、リンツの幹部らにおもねるような表面的な笑いに辟易《へきえき》しているエーリヒの思いを、ユリウスは巧みに汲み取ったようだった。

「リンツ元首に危機感を抱いているのは、君だけではないよ、エーリヒ」

にこやかにステージを眺めながら、ユリウスは横顔で低く言う。

「この間、空軍の全体作戦会議で講和への可能性について言及したんだってね。ずいぶん大胆だな、我が従兄弟殿は」

誰から洩れたのかは知れないが、すでに情報部のユリウスの耳には入っているらしい。

「耳が早いですね」

「この現状を打破したいと思っている人間は、このイエッセンにも何人といるんだがね」

「…そう願いたいものです」

エーリヒの呟きに、ユリウスは親しげに肩を抱きながら、最初に二人が着いたテーブルへと促し、小声で早口にささやいた。

「さっきまでに紹介した中に今の我が国の窮状を救いたいと思っている人間は、何人もいたよ」

「いったい、誰が？」

とっさにユリウスの横顔を見上げたエーリヒに、ユリウスは薄く笑ってみせた。

「君の気持ちは、どちらを向いているんだろうね？　危険だね、エーリヒ」

揶揄するような従兄弟の言葉に、エーリヒは目を伏せる。

胸中に覚えた不快さも巧みに笑みの裏に隠してしまえるユリウスはともかく、自分のような人間には、こんな腹の内を探り合うやりとりは根本的に向いていない。だからこそ、戦場で空を自由に飛んでいたかった。

「ユリウス、私は幼い頃からよく知るあなたを信じたい」

目を伏せたまま言うと、ユリウスはテーブルで楽しげに話し込んでいた少佐と、中将の令嬢の二人を陽気にはやしたて、ダンスに送り出す。

「やぁ、踊れ、踊れ。こんなところで楽しげに額をつきあわせていずに、二人で踊ってくるといい」

ユリウスは続けて残っていた他のメンバーにも、ダンス曲がはじまったよと促して席を立たせた。

「さぁ、エーリヒ」

二人以外に誰もいなくなったテーブルで、ユリウスはエーリヒのすぐ横に椅子を寄せてくると、グラスにブランデーをたっぷりと無造作に注いだ。

エーリヒは自分の誕生日に、アルフレートが北の辺境地で苦労して入手してくれただろう貴重なブランデーを思った。

「飲もうじゃないか。君の飲みっぷりを見せてくれ」

「私はそんなには…、明日に支障が出ます」

「そんなことを言って逃げようだなんて、許さないからな。北部グランツ人の剛胆さを見せてくれ」

さぁ、と明るく笑われ、すでにかなり酔いがまわっていることを意識しながらも、エーリヒはグラスに口をつける。

「さて…、君の本心は、いったいどれだけのものだろうね？」

エーリヒがグラスを勢いよく空けるのを待って、さっきまでの陽気さとは少し雰囲気を変え、ユリウスは頬杖をついてエーリヒの顔を覗き込んでくる。

「…ユリウス？」

「君は従兄弟だからこそ言うんだが…」

楽団がダンス曲を奏でる中、ユリウスは声のトーンを落としてささやく。

傍目《はため》には仲のいい従兄弟同士が内輪話でもしているように見えるのだろうが、これまでとは話の種類が違うことはすぐにわかった。

「今、このイエッセンの中でも、リンツ元首に心酔するものと、ハインリヒ四世に忠誠を誓う者とがいる。わかりやすい反リンツ派の高級将校はほとんどが排斥されてしまったから表立ってはいないが、逆に反リンツ派の振りをして探りを入れてくるリンツの手先もいるんだ」

もしかして…、とエーリヒは薄く笑っている従兄弟を見た。

「私を疑っていると？」

「君を疑うかと言われると、どうかな？　私もすでにリンツ派の人間を周囲に何人か置かれているからね。下手な覚悟では、反リンツ派へのつなぎはつけられないよ」

「あなたがそういう人だとは…」

煙草に火をつけながら、ユリウスは低く笑う。

「保身家だというのかな？」

「ええ」

「言いたければ、言えばいい。私はエッツォ家の長子で、下は妹ばかりだ。安易に消されては私の家も家族ごとなくなる」

「ユリウス、我々は旧貴族というだけであって、もうかつてのような所領地を持つことはないのですよ」

「所領地はなくとも、長く続いた家を守るのも長子の務めだよ、エーリヒ。君だって、旧貴族家としての生き様を幼い頃から叩き込まれただろう？　そして、君には家を継ぐ兄がいる。だからこその、あの北での戦いぶりだった」

普段、明るく屈託なく見える従兄弟の中に、エーリヒは北の地で長く連綿と続く家系の翳《かげ》を見た気がした。人好きがして陽気なばかりが、ユリウスの持つ顔ではないのだと知る。

そして、確かにエーリヒは兄が家を守ってくれるからこそ、国を守ることに全力を尽くしてもいた。

ユリウスはその兄の負担分も担っているというのだろうか。

だが…、とユリウスは煙草の煙をくゆらせる。

「果敢に戦えばいい前線とは異なり、ここは蛇の巣のような場所だ。国のために…と口だけで言うのは容易《たやす》いんだ、エーリヒ。生き延びるために、平気で心にもないことを口にする人間は山ほどいる。それはどれほどの覚悟なのかな？」

「この命に代えても」

どうかな、と呟き、ユリウスは身を寄せてきた。

「美しいエーリヒ。その覚悟のほどを、見せてもらっても？」

「覚悟？」

「今は恋人はいないね？」

「今も昔も、軍人ですので」

「軍人でも、恋をする人間は多い。愛人を持つ男もだ。今、生きているという実感のために」

「気持ちは理解しますが、私は違います」

いつ命を落としてもおかしくない前線にいれば、結婚して家庭を持つと、いずれは相手に不幸と悲しみをもたらすことになると思っていた。

逆に家庭が励みになるという人間もいるが、自分とはタイプが違う。エーリヒは自分がそこまで器用ではないという自覚があった。

恋人や家族に気持ちを割けば、自分の中に保身が生まれる気がして、これまで色恋沙汰とも距離を置いていた。

「あの副官は？」

「ミューラー中尉ですか？」

「ああ、愛人関係だというのなら…」

ユリウスの言葉をエーリヒは短く遮る。

「同性愛は法的に禁じられていますが」

「もったいないな。向こうは凄まじい目で私を見るというのに。君の言葉どおり、優秀な副官なのかもしれないが、まるで恋人を取られまいとする男の目だ」

エーリヒは数日前、自分の忠誠は我が祖国と皇帝陛下、そして、あなたにあると言った男の目を思い出した。

あの日以来、アルフレートの声と真摯な眼差しは、自分の胸の内でずっと熱を帯びている。

あの時、アルフレートがそう口にした意味を、すでに自分は理解している。

むしろ、かなり前から気づいていたような気がする。あの男がイエッセンに副官として共に同行すると言って折れなかった時も、病室で誕生日を祝ってくれた時にも…。

湖で見たアルフレートの引きしまった見事な身体つきは今も目に焼きついており、思い出すと胸が騒ぐ。

だが、共にいることがあまりに自然で楽なアルフレートとの関係は、愛人関係とひと括りにするにはもっと複雑で繊細なものだった。

アルフレートが安易に自分を求めようとせず、今の位置を守り続けていることに対する感謝と温かな安堵、そして許されざる優越感…、胸の内で幾重にもせめぎ合うこの想いは、エーリヒにとっても精神的な拠り所になっている。今の関係には、安易に名前をつけることすら惜しいような気がする。

男同士で愛し合うことが罪とされている以上、アルフレートはまさに鋼のような意志で自分を制し、今の関係から踏み出そうとはしない。それがわかっているからこそ、エーリヒは身のまわりの世話を完全にアルフレートの手に委ねている。

爪に丁寧にやすりをかけてくれるアルフレートの手の大きさ、その温《ぬく》もりはいつも心地よいものだった。あの大きな手が、どれだけ自分にそっと触れてくるかについて、エーリヒは誰にも語りたくなかった。

アルコールのせいか、いつのまにかエーリヒは薄い笑みを口許に浮かべていた。

「中尉が私に向けてくれている忠誠心は、そんな安易な言葉で語れるようなものではないでしょう」

「何だ、それは。まるで、ただの惚気《のろけ》だ」

ここに来てユリウスは、再びいつものおおらかなからかうような笑みを浮かべながら、さらにエーリヒのグラスにブランデーを注いだ。

「君が私のために危険を乗り越えるというのなら、私も君のために危険を冒そう」

この倫理観の浅薄な従兄弟が要求しているものを察し、エーリヒは注がれたグラスに口をつけながら、酔いに揺らぐ頭で考える。

「ご存じのとおり、私はこのように隻腕です。ご覧になっても、あまり気分のいいものではないと思いますが」

「どうかな？　一度、見てみたい」

ユリウスは同じようにグラスを呷《あお》りながらも少しも酔った様子もなく、楽しげに踊る同僚を見やる。

エーリヒはすぐには応えず、黙ってグラスを空にした。

「ああ、ずいぶんなピッチで飲んでいるな。大丈夫か？」

「ええ…、喉が渇いて」

視界が少し狭くなっているのを意識しながら、エーリヒは椅子の背に身を預けた。

「ユリウス、もう一杯いただけますか？」

「酷いな、もう少し味わって飲んでくれないか？　こいつには、それなりに支払ってるんだ」

ユリウスが自前のブランデーをエーリヒのグラスに注ごうとした時、大きな手がそれを遮るようにした。

「申し訳ありません、エッツォ大佐。そのぐらいにしていただけませんか？」

低い声がエーリヒの頭の上から聞こえる。銀色の副官飾緒が揺れるのが、狭い視界の端に見えた。

「やぁ、主人に忠実で、仕事熱心な犬が迎えにきたな」

ユリウスがやや身を引き、からかうような目を見せた。

「ミューラー中尉、君の行為はすでに副官としての職分を超えているんじゃないか？」

「ご不快に思われたなら、申し訳ありません」

硬い声が、すぐかたわらで応える。

「いいさ、エーリヒも今日は度を超えて飲みすぎている。頃合いだろう」

さぁ、立ちたまえ、とユリウスに支えられ、立たされたエーリヒはかつてなく足許が不安定に揺れることに驚いた。

今になって明るいダンス曲が急に耳に流れ込んでくる。視界がおぼつかない。

「大佐」

少し慌てたような声と共に、しっかりした肩に抱きとめられる。

「君のその熱心さは…」

新しく煙草に火をつけながら、椅子に座り直したユリウスがアルフレートを見上げている。

「はたして上司への忠誠心から来るものなのか？」

エーリヒはアルフレートの肩に縋《すが》ったまま、首を横に振った。

「ユリウス」

頭の芯がぐらぐら揺れる。アルコールがここまでまわっているとは思っていなかった。

「中尉を責めないでください。頃合いを見て、車をまわすように言っておいたのは私です」

「蛇の巣からの脱出経路は確保済みか、利口だな、エーリヒ」

ユリウスは火のついた煙草を指に挟み、華やかな笑みを浮かべた。

「次は私が部屋まで送るよ、ミューラー中尉」

エーリヒを支えた男は応えない。

「おやすみ、エーリヒ」

狭い視界の中で、ユリウスはひらひらと手を振って寄越した。

V

パーティーの席でユリウスにしたたか飲まされた一週間後、エーリヒは従兄弟からの電話を仕事の合間に受けた。

『やぁ、エーリヒ、今晩あたり、一緒に飲まないか？』

「この間のパーティーの翌日、初めて二日酔いに悩まされましたよ」

責めると、ユリウスは楽しげに電話の向こうで笑った。

「あなたは巧みに酒を勧める術《すべ》を、熟知していらっしゃるらしい」

あの翌日は痛む頭を抱え、社交術に長けた従兄弟を恨めしく思った。

『今夜のは私的なものだよ、そこまで飲ませる気はない』

受話器を耳にあてたエーリヒは、机の上に重ねられたファイルへと視線を向けた。

電話の向こうで笑うユリウスの意図は、すでにわかっている。エーリヒに一週間の猶予を与えたのも、ユリウスならではの様子見だろう。

「わかりました、じゃあ、今晩」

今日は他の約束があると断ることもできたが…、とエーリヒは受話器を置いた。

先送りしたところで、何も得るものはない。

ユリウスの与えた一週間で、腹は括ったつもりだった。女性のように妊娠の心配もない分、自分の中では何も変わらないはずだと手許の書類に目を落とす。

勤務を終え、コートに袖を通したエーリヒは、いつものように自分に付き従って歩くアルフレートに声をかけた。

「今日は飲む約束があるから、君はもう自由にしていい」

「帰りは迎えに上がります」

アルフレートは律儀に応えた。

「いや、それには及ばない。大丈夫だ、誰かしら運転手ぐらいつかまるだろう」

曖昧にごまかしたつもりだったが、アルフレートは足を止めた。

やむなくエーリヒも足を止める。立ち止まってしまったのは、自分の中にアルフレートに対する後ろめたさがあるせいだ。

「どちらで飲まれるか、伺っておいてもよろしいですか？」

本当のところはユリウスとのことは黙っておきたかったが、副官としての仕事上、上官の所在を把握しておかなければならないアルフレートの立場もある。

「将校宿舎のB棟だ」

「エッツォ大佐のいらっしゃる？」

すでにエーリヒがエッツォのもとを訪れる理由を知っているかのように、男は的確に尋ねてくる。

直截《ちょくさい》なことは応えたくなくて、エーリヒは微妙にはぐらかした。

「あまりいいようには思っていないのか？」

「…少々享楽的な方だと」

アルフレートには珍しく、苦言めいた言葉を低く洩らす。

しかし、ユリウスの女性関係がそれなりに派手なことはこのイエッセンでも有名だった。

ユリウスばかりでなく、既婚、独身を問わずにあちらこちらで浮き名を流している将校はそれなりにいるものだ。ユリウスばかりが悪名高いわけではない。

むしろ、甘い笑みと言葉の似合う恵まれた姿形を持ち、まだ未婚で性格的にも人好きのするユリウスの浮き名など、端《はた》からは男の勲章程度に考えられているようだった。

「まぁ、事実だ。あの魅力的で華やかな容姿だ、昔から女性関係は派手だった」

「男性は？」

思いもよらず突っ込んで尋ねてくるアルフレートに、エーリヒはしばらく口をつぐむ。

そして、隠したところで、この男はすでに答えを知っているのだと諦めた。

「学生時代にそういう相手がいたとは、兄に聞いたことがある」

アルフレートはわずかばかり、目つきを険しくした。

まるで君の番犬だ、と揶揄したユリウスの言葉が蘇る。

「心配ない。親しい従兄弟だ。気心も知れてる」

エーリヒはそれだけ言葉を残し、歩き出した。

「…承知しました」

硬い声で応えた男は、空軍本部を出たところで、迎えの車に乗り込むエーリヒの前にドアを開けた。

その顔を直視できないまま、エーリヒはユリウスの待つ将校宿舎へ車をまわすように運転手に告げた。

車のサイドミラーに、じっと見送るアルフレートが映っているのがわかったが、エーリヒはあえて最後までそちらを見ないようにした。

ユリウスとのことよりも、明日、アルフレートの顔を何もないふりで見ることができるか…、それが今、何よりも頭の中を大きく占めている。


ユリウスの士官用宿舎を訪れると、男はカードゲームなどに使われる娯楽室へとエーリヒを招いた。

数名で使うことができる部屋のひとつで、カードゲーム用のテーブルや寝椅子、簡易バーになるカウンターなどが衝立の向こうに置かれていた。

普段、内輪での飲みや、カードゲームなどに使われている部屋だ。

「いいアイスワインが手に入ったんだ」

冷やしておいたとユリウスは、ワインクーラーからボトルを出してみせる。

「珍しい、少し緊張してるね」

軽口をたたきながら、ユリウスはワインのコルク栓を開ける。

事前に手配してあったらしく、ハムやチーズの軽食、チョコレートやフルーツの載った皿を給仕が運んでくる。

「いいワインとのことなので」

エーリヒは軽口で応じ、黄金《こがね》色の液体を注がれたグラスで乾杯する。よく冷えた甘みは桃やリンゴにも似た豊かな芳香があったが、エーリヒはどこか上《うわ》の空《そら》でそれを飲み下した。

「せっかくだから、カードゲームでもする?」

二人でもできるゲームがいいな、とユリウスはテーブルでカードを切る。

「昔、兄や姉とした時みたいに賭けますか?」

「いいね」

二人は笑い合って、互いの財布から紙幣を出してテーブルに置いた。

「今朝、西に展開させた戦車部隊を北部戦線に投入しろと、リンツ元首が激昂《げっこう》したそうですが…」

配られたカードに視線を落としながら、エーリヒは切り出す。

「ああ、一昨日《おととい》、全力で西部戦線を巻き戻せと言ったばかりだが、今朝は北部戦線の戦車部隊が大打撃を受けたことに腹を立ててね。反対したクルツ将軍を実に論理的な理由ではないかと、怒鳴りつけた」

「錯乱されてるんですか？　クルツ将軍以外には誰も反対せず？」

カードの手は悪い。エーリヒは場から引いたカードを黙って送った。

「ハーゲン内務大臣が取りなしたよ。N連邦の戦車部隊を壊滅させれば、ブリタニアもサン・ルー共和国も怖《お》じ気《け》づくだろうと」

「内務大臣が、いったい軍事の何を理解できるというのです？」

「そのとおりだよ。西に展開させた戦車部隊を北部戦線に移動させるのに、どれだけの時間と燃料がかかると思う？　リンツ元首の顔色ばかり窺って、北に続き、西部戦線まで壊滅させてしまう」

エーリヒは深い溜息をつく。ユリウスの手許に残ったカードは少ない。

「ハインリヒ四世はどういう風にお考えなのでしょう？　体調を崩しておいでだと聞きますが、フランク皇太子が摂政として事態の収拾に乗り出されることに期待できませんか？」

「フランク皇太子は、リンツ元首の勢いに押されて言うがままだからね。ハインリヒ四世亡きあとは、皇位を継がずに議会共和制に完全に移行したいと考えておいでだ」

「どのようにお考えでもかまいませんが、今のこの酷い状態を誰かが終わらせなければ、国そのものがなくなってしまいます。そして、それを終わらせるのはリンツ元首でないことは間違いありません」

「ああ、例のリンツの言葉を聞いたんだね？」

上がりだ、とユリウスはエーリヒの出した紙幣を手許に引き寄せながら薄く笑った。

『退却の際にはすべてを焼き払い、ありとあらゆる町や工業施設、飛行場、発電所を破壊せよ。たとえ首都テルトワが焼け野原となったとしても、敵に何も与えてやるな』と、リンツは言ったという。

あの男は、自分が仕掛けた敗色濃厚なこの戦争にグランツ帝国そのものまで巻き込むつもりらしい。そんな真似をすれば、戦後、この国は再興できなくなる。すべてを巻き込んで滅亡まで突き進むのかと、エーリヒはアイスワインを飲み下した。

グラスが空きかけたことを見越し、ユリウスは立ってカウンターからデキャンターとボヘミアグラスを取って戻る。

「アイスワインは美味いが、少し飽きるな。ウィスキーはどう？」

「あなたの勧め上手にはかないません」

エーリヒは力のない笑いと共に、ウィスキーの注がれたグラスを受け取る。

「せめて、少しでも条件のよいうちに講和を進められないものでしょうか？」

「そうだね、秘密裏に講和の話は進んではいる」

「もう、そこまで？」

エーリヒはほっと安堵の息をつく。安心してはいけないのだろうが、話がそこまで進んでいるのなら、まだ祖国にとって救いはある。

「実のところ、ハインリヒ四世もそれを強く望まれている」

「…よかった」

エーリヒは口許をゆるめた。この国にまったく救いがないわけではないのだと、希望が持てる。

「陛下にお目にかかりたいと言っていたね？　その先を聞きたい？」

意味ありげな視線と共に、そういえば…、とユリウスはエーリヒの胸許に留めた右袖の先に視線を向けてきた。

「義手はどうした？　リンツ元首が直々に誂えるという話だったが…」

「軍人には必要ないものかと思って」

なめらかな象牙で作られた見事な義手が、出来上がってきてはいた。

確かに一見、本物かと見まがうほどの出来だったが、失った手を模した紛《まが》いものに愛着は持てず、そのままになっている。

箱の中に入れられた象牙の手は、操縦桿を握って自由に空を飛んだあの右手ではなく、また、少年の日の夏、アルフレートを必死に支えた手でもなかった。ましてや、贈り主はあのリンツだ。

ユリウスはフッと笑った。

「君は時々、面白いぐらいに頑固だな。どうせ、リンツに贈られたものなどつけたくないと思ってるんだろう？」

エーリヒは溜息交じりに、黙ってグラスに口をつける。そのグラスを持つ手を、ユリウスの手が軽く押さえた。

「また、この間みたいにしたたか飲む気か？」

いいウィスキーなのに…と目を細め、ユリウスは立ち上がると身を寄せてきた。頬、そして唇へとキスが落とされる。

「目を閉じてくれないかな、私の美しい従兄弟はマナーを知らない」

からかうユリウスの声に、エーリヒはおとなしく目を閉ざし、そのキスを受けた。

首筋を支えられ、エーリヒは座ったまま、わずかに唇を開いて口づけに応じる。

髪から首筋、背中へとさすがに巧みな愛撫《あいぶ》を施しながら、ユリウスはキスの途中、フッと笑う。

「あまり気乗りしないなら、少しリラックスしておく？」

「リラックス？」

エーリヒは目を開き、互いに息もかかるほどの距離で尋ねる。

「ああ、幻肢痛があると言っていただろう？　その手の痛みにも効く薬がある」

そんな話をしていただろうかと、エーリヒは一週間ほど前、したたか酔った夜を思い出そうとする。

人に腕の幻肢痛について話した記憶はないが、なにぶん普段はあそこまで飲み過ぎたことはないので、身内でもあるエーリヒに対する気安さから安易に口をすべらせてしまったのかもしれない。

本当に自分は戦以外のことは向いていない。

「麻薬の類《たぐい》は、あまり…」

エーリヒはユリウスに手を引かれ、衝立の陰の寝椅子へと連れられながら首を横に振る。

以前、医師からどうしても痛みが耐えられないようなら、モルヒネや阿片《アヘン》などで一時的に痛みを抑える方法もあるとは聞いた。

「そうだね、常用はよくない。ただ、あまりに君は真面目すぎるから」

エーリヒの内心での抵抗を見越していたのか、ユリウスは一緒に持ってきたグラスを寝椅子のかたわらのテーブルに置くと、その横のシガーケースの中から一本の煙草を取り出し、無造作に火をつける。

「この間のあなたの煙草入れじゃないですね？」

ユリウスが愛用している銀のシガーケースとは異なる、十字架の刻まれた金の象嵌《ぞうがん》のシガーケースにエーリヒは呟いた。

「ああ、普段は使用しない。情報部での仕事に使うものだ。不安や痛みを抑え、気分がよくなるようにうまくブレンドしてある。今日は君のために用意しただけだ。一度ぐらいでは中毒性はない。それは約束する」

　ほら、とユリウスはエーリヒの隣に腰掛け、手にした煙草をひと口吸ってみせた。男が吐き出す煙は、こころなしか普通の煙草より紫煙が濃く、少し甘いような香りがした。

　ユリウスはそれをすぐには勧めず、寝椅子に背を預けたエーリヒに持ち前の甘い笑みを浮かべた。少し厚めの唇に官能的な笑みが似合う男だと思う。

「もう少しだけ、飲んでもいいよ」

　ユリウスは飲みかけだったグラスを手渡してくる。エーリヒはほとんど義務のような思いで、ウィスキーを飲み下す。

「女性経験はあるよね？」

「士官学校時代に…、友人とのつきあいもあって」

「義務みたいな言い方をする」

「私は愛情の伴わない相手と寝るのは、苦痛なようです」

「苦痛か、面白いな」

　ユリウスは楽しそうに声を立てて笑ったあと、エーリヒの顎を捉え、口づけてくる。やわらかな息と共に甘い香りの煙を口の中に流し込むようにされ、エーリヒは少しむせた。

　しかし、煙は確実に喉の奥へと落ちる。

「そのまま胸の奥まで深く吸って」

　さぁ…、とやさしく促すユリウスの声は魔法のようだ。衝立の陰の仄暗《ほのぐら》さに視線をさまよわせたあと、エーリヒは促されるままに従兄弟と唇を重ね、二口目の煙を胸深くまで吸い込んだ。

「もう少し聞かせてくれ、エーリヒ。なら、普段はどうしてるんだ？」

「普段？」

　さらにキスと共に、煙草の煙が喉奥へと流し込まれる。三口目で頭の奥がくらりと痺《しび》れるように揺れた。酒の酔いとは異なる、どこか思考がトロリと溶け出すような痺れだった。

「…何？」

　ふわりと身体が浮いたように思う一方で、瞼が少し重くなる。ユリウスの手がネクタイをそっとゆるめた。

「男ならわかるだろう？　どうしても昂りが治まらないこともある」

　髪をそっと梳《す》かれ、エーリヒは薄く笑った。

　シュッ、と絹鳴りの音と共に、朝、アルフレートが結んでくれたネクタイが解かれる。淡々としたあのネクタイの結び方に、いつもどこかで熱を感じている。

「機械的に処理をすれば、それで…」

「綺麗な顔で、本当にゾッとするようなことを言うね」

　笑う男の声が、アルフレートのものに重なる。楽しげな笑い声を聞いたのは、ジェツカ湖でモッペルと遊んでいた時だと、エーリヒはまた薄く笑った。

今度は忍び笑いが、エーリヒの口許からこぼれた。

あの時は本当に楽しかった、心から…。

「いいよ、そのまま好む相手を思い描いていて」

　また、やさしい声が魔法のように耳許でささやく。

いつのまにか上着のボタンが外され、はだけたシャツの襟許に温かな手が忍び入っていることにエーリヒは気づいた。

　しかし、耳朶《じだ》をやわらかく食《は》まれると、胸許をまさぐる手が心地よく思えてくる。

　エーリヒは首を仰《の》け反《ぞ》らせ、小さく呻《うめ》いた。首筋を這う唇の温かさに、また笑いがこぼれる。ズボン越し、やわらかく下肢に触れてくる手が淫らな動きをするのを押しとどめようとした手の先が失われていることに気づき、エーリヒはかつて自分が必死にその手を差し伸べた相手を思った。

　黒髪に緑色の瞳の――夏の日の避暑地で見かけた

背の高い少年は、さっきサイドミラーの中、無言で自分を見送った長身の男へと姿を変える。

「アル…」

知らず唇から譫言《うわごと》のようにこぼれた名前を、ゆっくりと舐め取られる。

「ん…」

口内に差し入れられた温かな舌先に、夢中で舌を絡めた。

「そうだ、いい子だ…」

よく知った口調とは違う声に、何かを蕩《とろ》かすように吹き込まれる。

だが、自分を見下ろしているのは緑色の瞳だ。男の持つグリーンの瞳よりもへーゼルがかった緑は、やはり違う。

しかし、かすかな違和感も、次々と与えられる愛撫の心地よさにドロリとかすんでしまう。その違和感を紛らわせるため、エーリヒは好ましい緑色の瞳を思い描き、覆いかぶさってきた重みを受けとめる。

ふいに外から、扉を激しくノックする音が響いた。

「…しっ」

身じろぎしたエーリヒの口許に指を一本立て、ユリウスは鋭い目でドアの方を見やる。

「失礼します、エッツォ大佐！　こちらにおいでですね？」

扉の向こう、再度のノックと共に響いた男の声にエーリヒはハッと顔を起こした。間違いなく、アルフレートの声だった。

「大佐！　急ぎますので、失礼します！」

再び強いノックが繰り返されたあと、何か扉の向こうで命じる声がする。半ば夢心地だったエーリヒは、全身の血がざっと引いてゆくのを感じた。

ユリウスは舌打ちのあと、エーリヒの上から身を起こした。とっさに身動きできないエーリヒをユリウスの腕が助け起こすのと同時に、外から部屋の鍵が開けられる。

「無礼だろう？　部屋の外で待て」

鋭いユリウスの声にも、アルフレートは動じた様子を見せなかった。衝立をまわり込み、しどけなく寝椅子の上に絡み合った二人のもとにつかつかとやってくる。

「大至急、ガードナー大将のもとに来るようにとのことですので」

衝立の内側で慌ててシャツの襟許をかき寄せ、前立てを合わせようとするエーリヒに、アルフレートは顔色ひとつ変えずに自分がまとっていたコートを脱いだ。

「失礼します」

エーリヒの肩に自分のコートを着せかけ、アルフレートはエーリヒの全身を包むようにして強い力で立たせた。アルフレートがここまで直接的で非礼な行動を取ったのは初めてだった。

なされるままに立たされたエーリヒは、勢い余ってアルフレートの胸許に倒れ込む。

今の状況をすべて見られたのかと思うと、徐々に羞恥で耳許まで熱くなる。

驚きと恥ずかしさで、とっさに声も出ない。

「こんな夜中に呼び出しか？」

ユリウスははだけたシャツの前を隠そうともせず、シルバーのシガーケースから煙草を取り出す。

「空軍は夜も出撃しておりますので」

平然と言い返すと、アルフレートはエーリヒの肩をコートごと抱いたまま、扉の方へと大股に歩き出す。

半ばその勢いに押され、そして、上司の呼び出しということもあり、エーリヒは抗《あらが》えずにアルフレートに連れられて歩いた。

「融通の利かない忠犬め」

ユリウスの低い誹《そし》りにも応えず、アルフレートはエーリヒを部屋の外へ連れ出すと扉を閉めた。

支えられて下りる階段も、ユリウスの巧みな愛撫で煽《あお》られた身体では歩くことも危うく、足取りが揺れる。アルコールの酔いに加えて、口移しで与えられた煙草の煙のせいか。

恐れと恥ずかしさが勝っているはずなのに、おかしな気分から急に頭は切り替わらず、奥部がまだぐらぐら揺れている気がした。

この強引さと荒々しさは、怪しげな場所に踏み込まざるをえなかったアルフレート流の抗議なのかと思う一方で、言葉にされていない痛烈な男の憤りも感じた。

アルフレートは雪の積もった屋外へとエーリヒを連れ出すと、建物の正面に乗り付けていた車の助手席のドアを開け、非礼に近い態度でエーリヒの身体を押し込む。

そして、自分は運転席に乗り込み、車を発進させた。

車は空軍本部とも、ガードナー大将ら上級将校の住まう住居棟とも違う方向へと走り出す。

「…どこへ行くつもりだ？」

エーリヒは助手席でコートの襟許をかき寄せ、荒い息を押し殺しながら尋ねる。

まだ、肌が火照り、全身粟立《あわだ》っているような気がするのは、さっき肌の上を這ったユリウスの手の感触が必要以上に生々しく残っているせいだ。

「隊舎までお送りします」

「ガードナー大将が呼んでいると…」

「あそこに入るために、名前をお借りいたしました」

エーリヒは吐息混じりに、乱れた髪を左手で撫でつける。この男は信じられないような真似をする。

「…あとでばれたら、どうするつもりだ？」

「あとのことよりも、あの状況をどうなさるおつもりだったんです？」

いつもよりも硬く冷ややかな声で、アルフレートは言い返してくる。その中に自分を責める憤りがあるのを感じ、エーリヒは薄い瞼を閉ざした。

どうするも何も、ユリウスの気のすむようにさせたら反リンツ派に加勢することができる、それだけだ。

「ハインリヒ四世に、お目にかかれる…」

「そのために、エッツォ大佐のされるままに？」

「…ああ」

「それを呑まれるのですか？」

まだ兆《きざ》したままのものが下着の中で擦れる感触に、エーリヒは悩ましい溜息をつく。アルフレートが苛《いら》立《だ》っているのがわかるが、それよりも生殺しにされている身体のほうが辛かった。

「これで、それもなくなったかもしれない…」

アルフレートの返事はない。

確かに感心できる方法ではないし、この男にあんな現場を見られたくなかったが…、とエーリヒは眉を寄せる。

そう、この男には見られたくなかった。

ユリウスの機嫌も損ねたかもしれない。最後にはアルフレートを罵っていたから…、と考える思考が下肢の疼《うず》きによって濁る。あの数口吸っただけの甘ったるい煙は、どこまで思考を鈍化させるのかとエーリヒは低く喘《あえ》いだ。

アルフレートは車を隊舎の前につけると、律儀にまわり込んできて助手席のドアを開ける。

かなり強引ともいえる態度で腰回りを支えられたが、逆にそうされないと立っていられないほどに身体が火照っていた。

視界が狭く、目が眩む。だが、この間のしたたか酔った時とは異なり、意識だけが妙にはっきりとしているのが怖い。

「…部屋まで連れていってもらえないだろうか」

エーリヒはぐらつく頭をアルフレートの肩に預け、呻いた。触れた箇所がドロリと溶け出しそうなおかしさがある。

「そのつもりです」

男に二階の部屋まで連れられたエーリヒは、渡してある鍵でアルフレートが部屋の扉を開けるのをぼうっと見ていた。

扉が開くと、エーリヒはふらつきながらも肩に着せかけられていたアルフレートのコートを脱ぎ、左手で差し出す。

「今日はみっともないところを見せた」

乱れたエーリヒの上着をいつものように脱がせようとする男に、エーリヒは命じた。

「あとは自分でやるから、出ていってくれ」

ひとりになりたかった。そして、このおかしな具合に火をつけられた身体の火照りを鎮めたかった。

中毒性はないと言っていたものの、情報部で使われるというだけに、あの煙草には相当に強い薬物が仕込まれていたのだろう。

そして、自分はモルヒネや巷《ちまた》の薬物などといった怪しげな薬類には免疫もない。

ネクタイが解けたままの姿でベッドに突っ伏しかけたエーリヒは、アルフレートが自分の足許に跪いたことに気づいた。

「大丈夫だ、少し酔っただけだ。今日は痛みがないから、あとは自分でできる」

いつものようにブーツに手をかけ、丁寧に脱がせてくれようとする男に、エーリヒは反応したままの下肢を知られまいと抗った。

だが、男は強い力でエーリヒの足を抱き、片方のブーツを脱がせてしまう。

「いいからっ、あとは自分でできる！」

抗うエーリヒの身体をベッドの上にゆっくりと倒しながら、男は覆いかぶさってくる。

「交換条件だったということは、エッツォ大佐と関係を持とうとされていたことは、本意ではなかったと思ってもよろしいでしょうか?」

エーリヒは動揺に、肩を小さく跳ねさせた。その間も、もう片方のブーツが脱がされてゆく。

「アルフレート、…何を?」

エーリヒは狼狽《ろうばい》して、男に強く抱えられた脚を震わせた。上着ばかりでなく、シャツのボタンも、ズボンの前立てすらも無防備に大きくはだけたままだ。

エーリヒは身体を捩《ねじ》り、形を変えたままのものを見られまいとした。

「よせっ、ミューラー中尉!」

アルフレートは答えず、完全にブーツを脱がせてしまうと、それを床に置く。

普段は忠実な男が返事もしないことが、そして、いまだにみっともなく肌を火照らせている自分がこの男の目に晒されていることが恐ろしい。

アルフレートは片脚を抱かれた不安定な姿勢のエーリヒの首筋に口づけた。硬起したものを悟られまいとするエーリヒは、動くこともできない。

男はなおも剝き出しの首筋から肩口にそっと舌を這わせた。脚への強い拘束とは裏腹の、ゾッとするほど繊細な男の愛撫に、エーリヒの口から細い呻きが洩れる。

「…よせ」

「失礼します」

アルフレートはエーリヒの両脚をやにわにベッドの上に抱え上げると、肩を軽く突いた。

それだけでエーリヒはバランスを崩し、ベッドの上に倒れ込んだ。

「…貴様」

横たえられた身体の上に覆いかぶさるようにされ、エーリヒは不自由な右肘で身体を起こし、自由になる左腕をアルフレートの軍服の胸に突いて、なんとかその身体を押しとどめようとする。

整えてあった金髪が、額に乱れる。右手のハンデがなくとも、体格的にはアルフレートの方がはるかに勝っており、本気で争えば勝ち目はなかった。

無理な動きのため、上着の胸ボタンに留めつけてあった右袖の先が外れ飛ぶ。

「愛しい方」

暴れようとした肩ごと左腕が抱きとめられ、ほっそりした顎に指をかけられる。ほとんど抗う間もなく唇を重ねられ、エーリヒは大きく目を見開いた。

細い頤《おとがい》を大きな手で捉えられ、顎関節を強い力で押さえられると、口を閉じることもできない。

そのまま、長いキスを強いられる。奥へと引っこんでいた舌をすくわれ、強引に絡めて吸い上げられる。

さっきのユリウスとのキスよりも、アルフレート当人相手の方がはるかに精神的には抵抗がある。

「んっ…、ぅ…」

しかし、男の唇や舌先はクールな見た目よりも温かく、絡められる唾液はほんのり甘く清潔だった。

強引さと官能の入り交じった口づけに、身体の方が勝手に溺れた。頭の奥がぼうっと痺れ、下肢がさらに熱く蕩ける。エーリヒは口腔《こうこう》を貪られる心地よさに、見開いていた目を閉ざした。

心理的な抵抗はあっても、好ましさははるかに勝る。こんな情熱的な口づけのできる男だとは知らなかったと、先を失った右腕は縋るように男に絡む。

それでも唇が離れると、うっすらと目許をピンク色に染め、息を乱したエーリヒはかろうじて我に返った。

「離せ…っ!」

男の胸を押しのけようとした左手を取られ、指先への口づけと共に低くささやかれる。

「暴れないでください、怪我をさせたいわけではありません」

エーリヒは唇を噛み、頬を染めたまま、困惑と戸惑いの中でアルフレートを睨《にら》みつけた。

軍服の下衣越し、引きしまった固い太腿《ふともも》で煽るように下肢を嬲《なぶ》られる。そのあからさまな意図に、組み敷かれたままのエーリヒは小さく息をつめた。

長らくの支配関係が逆転しようとしている。

今の口づけで反応したことを、知られてしまうと羞恥にもがく。

嬲ったアルフレートも、驚いたようだ。低く洩らす。

「こんなに？」

「違っ…！」

「あの部屋に、煙草とは違う甘く強い香りの煙が漂っていました。何か慣れない薬物でも？」

勘よくユリウスに与えられた薬の存在には気づいていたらしく、男は尋ねてくる。


しかし、薬を使ってまでユリウスと睦み合おうとしたことよりも、この男の前で恥態を晒す方がよほど恥ずかしかった。懸命に首を横に振って否定しようとしたエーリヒの唇を、男はさらにキスで塞ぐ。

明確な意図を持った指がズボンの前立てを大きく開き、下着の中へとそっと忍び入ってくる。

こんな浅ましさを知られたくないと、エーリヒはやみくもに暴れた。

それでも、固くなったものに直接に指を絡められると、一瞬、濡れた吐息がエーリヒの喉奥から洩れる。

「…ぁ…」

アルフレートの手の中で、エーリヒ自身が跳ね上がるのが自分でもわかる。ユリウスに中途半端に煽られていたものが、嬉々《きき》として跳ねる。

男の愛撫を遮るよりも、与えられる刺激に勝手に身体が反応した。

「…はっ…」

熱く昂ったものを直接に握りしめられ、上下にこすられると、先端からたちまち透明な蜜が溢れ、男の指を濡らすのがわかる。その濡れた音が耳につき、エーリヒは身悶《みもだ》えた。

「ん…ぅ」

意思とは無関係に喉の奥から忍び出る声を、なんとか押し殺そうと歯を食いしばり、エーリヒは自分の身体を抱くアルフレートの袖を左手で懸命に握りしめる。

「…ぁ…」

それでも濡れた吐息が、嚙みしめた白い歯の間から洩れた。

絶妙な力加減で、男の手がエーリヒ自身を握りしめ、先端の敏感な箇所を巧みにこすり上げてくる。久しぶりに思うさま性器に与えられる感覚は、強烈に理性を痺れさせる。


「…ん…」

舌に絡まる甘い息に、白いこめかみに愛おしそうに唇が落とされる。

「エーリヒ…」

子供の頃よりずっと頼もしく思っていた低い声が耳許でささやくと、何もかも任せてしまいたい衝動に駆られる。

「…は…、…ぁ…」

外からどれだけ清潔に見えようが、人並み程度の性欲はある。ただ、この男にだけは知られたくない。どうあっても知られたくない。

アルフレートの手によって欲望を暴かれることを恐れ、エーリヒは視線を逸らし、理不尽に自分を嬲る男の袖にひたすらに縋る。

先端から温《ぬる》んだものが溢れ、次々とアルフレートの指を濡らすのがわかる。アルフレートの袖をつかむエーリヒの指に力がこもった。

逆に声にもならぬ呻きと共に、ベッドの上の脚はゆっくりと清潔なシーツの上を滑る。

「大佐…」

アルフレートは再度こめかみに口づけると、シーツの上に伏していたエーリヒの身体を上向けた。

「…っ？」

下着ごと、乗馬ズボンが両腿まで引き下げられる。声を上げて身体を起こそうとしたエーリヒは、強い力で両膝を割り開かれ、あえなく組み敷かれた。

剝き出しになった生殖器への痛いほどの視線に、エーリヒは目眩《めまい》を覚えた。

「見るな…」

エーリヒは先のない右袖で顔を隠し、呻いた。だが、仰向《あおむ》けられ、強い力で上から押さえつけられた両の脚は閉ざすことすらできない。

「…っ」

昂ったものは男の視線に萎《な》えることもなく身体の中心で完全に勃《た》ち上がり、すっかり腹部につくほどにまで反りかえっていることが自分でもわかる。

赤みを帯びて膨れた先端からは透明な滴《しずく》が溢れ滴り、髪よりも少し濃い蜂蜜色の茂みを湿らせている。

そのあからさまな様子をあますところなく見られていると思うと、あまりの羞恥に顔も上げられない。

「…見るな」

細く呻く声を無視したアルフレートが白い太腿に口づけ、さらには両脚の間に身体を進めて、反りかえったものに顔を寄せてきた。

袖の陰からそれを見て取ったエーリヒは男の意図を察し、固く目を閉ざす。

「…ぁ」

口中に含まれた時、洩れたのはごく小さな声だった。

それでも、抑えた声に過分なまでの糖度が含まれているのは、隠すことができなかった。

すっぽりと喉奥まで温かなぬめった口中に含まれ、また男の口内でエーリヒが跳ね上がる。

「…っ…」

熱く濡れたやわらかな舌を絡められると、初めて知る快感に腰が震えた。

熱い口腔に含まれ、裏側の敏感な箇所をそっと舌先で扱《しご》くようにされると、両脚が勝手に男の頭を誘うように、挟み込む。

「ん…ぅ…」

普段、真面目で理性的な男の口腔に、自分がすっぽりと根本まで含まれていると思うと、行為のあまりの淫らさに泣きたくなった。

そのくせ、味わったことのない強烈な快感に、勝手に腰は振れる。自慰では味わえない、たまらない刺激だった。

「は…ぁ…っ」

自分でもその行為を止めたいのか、促したいのかもわからないまま、エーリヒは残された左手の指をアルフレートの髪に絡め、引き寄せた。

声を無理にこらえようとする分、身体が制御できず、男の巧みな舌使いに煽られるようにして細腰は上下に蠢《うごめ》き続ける。

せわしない呼吸を洩らしながらも、固く目を閉ざして何とか声を上げまいと耐え続けるエーリヒの腰をゆるく押さえ込み、男は口中に含んだものを喉奥へと吸い上げた。

「ん…ふ…っ…ぅ」

強い刺激に、エーリヒの剝き出しの爪先がくっ…とシーツの上で反った。

こぼれそうになる声を抑えるため、エーリヒは口許に右腕の上着の袖口を押しあて、ほっそりとした顎を反らせる。

「アルフ…レ…ッ、離せっ…」

濡れた声でアルフレートの名前を呼び、エーリヒは懸命に腰をよじらせた。

絶頂に手が届きそうなことがわかる。男は巧みにエーリヒのものを吸い上げながら、その敏感な先端に厚みのある舌をあてがい、抉《えぐ》るようにする。

「ぁ…っ…、もう…」

エーリヒは、つかんだ男の黒髪を強く引いた。腰の奥から爆ぜるような感覚が湧き上がる。

その瞬間、エーリヒは強く背筋を反らせた。

「あっ…ぁ！」

男の口中で、ドクリと大きく脈打つのと共に、腰から爪先まで痺れるような興奮と突き上げるような強烈な快感が断続的に走る。

男の口を汚すとわかっていても、自分でも腰の動きを止めようもなかった。

「……ぁっ！」

エーリヒは口許に袖口を押しあてたまま、ん…っ、んっ…と、懸命にこぼれる声を抑えようとする。


その間も、快感の余韻を追って、腰がゆるゆると未練がましく前後していた。

「…ん」

形のいい鼻梁《びりょう》に抜ける、甘く酔ったような息を吐き、エーリヒは久々の射精の快感に酔った。

アルフレートは徐々に力を失ってゆくエーリヒ自身を舌先で丹念に舐め清め、先端の窪《くぼ》みに舌を押しつけ、最後の残滓《ざんし》まで温かな舌先で綺麗に舐め取ってくれる。

普段は怜悧さの勝った青い目を艶っぽく潤ませ、エーリヒは黒髪の男の顔をぼんやりと見た。

「…まさか…、飲んだのか？」

そんなエーリヒの細い声に、わずかにアルフレートは微笑み、身を起こしかける。

「…どうして…」

エーリヒは金髪を乱したまま、少し恐慌を起こした。

「こういう愛され方は、ご存じありませんか？」

「こんな…、こんな…」

あまりの衝撃に二の句が継げない。エーリヒは表情も取り繕えないまま、大きく肩を喘がせた。

そんなエーリヒを腕の中に抱き取りながら、アルフレートはエーリヒのサスペンダーを肩から落とした。

「エッツオ大佐とあんな真似はできても、愛され方はご存じないと？」

その白い首筋から肩にかけて顔を埋《うず》めながら、アルフレートは尋ねる。

この男の硬質な声が、ここまで悲しく苦しげに聞こえるのを初めて聞く。その声に、こちらまで胸が痛く苦しくなるとエーリヒは目を伏せた。

やさしい仕種で厚みのある胸に抱き寄せられながら、エーリヒは飛行機を自在に操っていた頃よりも痩《や》せた身体を見られることを恥じた。

もともと頑丈な身体つきではないが、特にほとんど使われることのなくなった右腕はすっかり筋肉も落ち、少年のように細く頼りないものになってしまっている。肘から先を失った腕はなおのこと、見ても快いものとは思えない。

そんなエーリヒの羞恥を知るかのように、アルフレートはシャツを完全には剝ぎ取らなかった。

白い、ミルクを溶かし込んだような平らかな胸を嬲られながら、エーリヒは細い声で訴える。

「これ以上のことは…もう…、今日の私の醜態については忘れて欲しい…。私も今夜のことは忘れるから…」

言いかけた先、アルフレートにギュッと剝き出しの性器を握りしめられる。

「ひっ…」

急所を男の手中に握られ、思わず悲鳴を上げたが、男はそれ以上の力は加えなかった。

「酷い方だ…、誰も安易に近づけない存在なのだと思っていたのに、平気であんな真似をされる…」

熱を帯びた声がエーリヒをなじるのに、エーリヒは大きく剝き出しの胸を喘がせる。

この男に限っては、ユリウスに身を任せかけたことを非難されてもやむを得ないと思った。むしろ、自分を責める声に、どこか歪《ゆが》んだ優越感と独占欲さえ感じている。

自分の中にこんな醜い感情があるとは…、とエーリヒはシャツの袖で顔を隠す。

だが、男の手の中にそっと握りしめられているものは、その熱を意識するとまたじんわりと節操なく形を変えはじめる。

「…離せ、あとは自分で処理するから」

エーリヒは歯を食いしばり、今以上にみっともない醜態を見られまいとアルフレートの手に指をかけた。

「あなたにとって、私は…」

低く押し殺した声が苦々しげにささやき、再び唇を塞がれた。

しかし、ゆるやかな愛撫と口づけは声よりもはるかにやさしい。

舌を甘く絡められると、エーリヒの中で再び何かがトロリと溶け出すように思えた。ユリウスとキスを交わしながら、頭の中に思い描いていたのは誰なのか…。

絡まる舌を押しのけようとしていたエーリヒは、やがてたどたどしい動きでおずおずと男のキスに応えはじめる。

「…ん…」

男の空いた手に胸許を探られると、ごく淡い桃色の乳頭が、乳暈《にゅううん》ごとふっくらと尖《とが》る。生クリームにも似た白さの胸と、ピンク色の乳暈の対比は妙に生生しくアンバランスだった。

「アルフレート…」

平たい胸を探られ、エーリヒはおかしな疼きに戸惑う。だが、大きな手の熱に胸許をまさぐられただけで、ユリウスの時とは異って、体奥が痺れるような甘美感が生まれる。

そもそも、さっきも自分が頭の中に思い描いた相手はユリウスではなかったと、エーリヒはその熱っぽい手の感触を追う。

指先で尖った乳頭をそっとつまみ上げるようにされ、鼻からつまった息が洩れる。

「ん…」

「こんなところの色まで淡い…」

口づけの合間に、男が感嘆するように呟くのがあまりにも恥ずかしくて、エーリヒは首を横に振る。

喉奥から、みっともない泣き声に近い呻きがこぼれるのが情けない。よく知った相手なのに、どんな反応を見せていいのかわからず、触れられることにひたすら混乱する。

「嫌だとおっしゃるのなら、助けを呼べばいいのです。すぐに憲兵が駆けつけます。今なら、上官侮辱罪で捕らえられるのは、私の方です」

エーリヒは何度も首を横に振った。

自分に無体を働くこの男の罪を暴き立てたいわけではない。罰したいわけではない。

むしろ、今はわずかばかりに残った理性を捨て去り、身を任せてしまいたいとすら思う。

「ならば、このままあなたを犯しますよ」

アルフレートが耳許で恐ろしい願望をささやくのに、エーリヒはピクリと身を震わせた。

「…は…っ」

何を意図しているかあからさまに吹き込まれ、自分がそれを許そうとしていること、逆にそう願ってさえいることを意識して、動けなくなる。

「あなたの中に…無理矢理にでも入り込んで、一生私を忘れられないようにしますよ」

低い声でひと言ひと言、はっきりと宣告され、エーリヒはまともに男の顔を見上げた。いつになく髪の乱れたこの男の顔立ちを好ましいと思った。

だが、喉奥に絡みついたように言葉がうまく出ない。

「…ぁ」

じっとりと乳頭を指の間で弄《もてあそ》ばれ、エーリヒの耳から首筋までが一気に紅潮する。肌がしっとりと上気して汗ばみはじめていた。

興奮のため、弾力のある乳頭もうっすらと汗に湿って、さっきよりも赤く淫らに立ち上がり、アルフレートの指の間でよじれる。ゆっくりとその実を指の間でこねるようにされると、あっ、あっ…、と短い声が断続的に洩れた。

「ぁ…」

ふっくらと盛り上がった乳暈ごと、そっと乳頭を熱くぬめった口中に挟み込まれると、甘くうっとりとした声が喉からこぼれる。

舌先でヌルリと舐め上げられると、男の手の中に握りしめられたものはすっかりもとの硬度を取り戻し、再び透明な滴を滴らせはじめた。

胸を大きくはだけ、うっすらと湿りけを帯びた乳頭を指先でやんわりこねまわされる。

「あっ…あぁっ…ぁっ」

もう一方の乳首も口中に含まれ、舐め抉《くじ》られると、エーリヒの唇から、弱々しいが濡れた甘ったるい声が絶え間なく上がる。

エーリヒは再び、腰をこらえきれないように揺らめかしはじめた。先端からこぼれ出した透明な蜜は、たちまちアルフレートの手を濡らし、エーリヒの腰の蠢きのせいでヌルヌルと男の指の中でこすれて新たな刺激を生む。

「…はっ…ぁ…っ」

「押さえつけられる方が、お好みですか？」

男が苦い笑いを含んだ声で、低く揶揄するのが胸に痛い。

想像を裏切っただろうか、あまりに浅ましすぎるのだろうかと、エーリヒはうっすら涙の浮かんだ目で黒髪の男を見た。どこか苦しげなアルフレートの顔に、胸が強く締めつけられる。

つまみ上げられていた乳頭をピンと指先で弾くようにされると、エーリヒの口から小さな悲鳴が洩れた。

「痛…っ」

「このまま声を上げられないなら、合意の上で…ということになりますよ」

息を乱したエーリヒは、男の腕の中で潤んだ視線を泳がせる。合意というよりも、むしろ今はそれを望んでさえいると、言葉でうまく伝えられない。

その間に、アルフレートはほっそりした下肢から、下衣をすべて奪ってしまう。

白くまっすぐな両脚を、大きく左右に割り広げられると、男に組み敷かれていることをあらためて強く意識させられた。

エーリヒは羞恥に目をきつく閉ざす。

「…見るな」

弱々しくかすれた声が、喉奥に絡む。その一方で、ピクンと反りかえった性器が揺れるのがわかる。

少し粘りのある蜜が、先端から臍《へそ》のかたわらに銀色の細い糸を引いているところまで、何もかもが隠すところなく晒け出されてしまっている。

すんなりした両脚の間を這う男の視線に、エーリヒは窄《すぼ》まった繊細な箇所を震わせる。

「合意なら、すべてを見せられるでしょう？」

揶揄めいたアルフレートの言葉に、エーリヒは耐えきれず、左の腕で顔を隠した。

これが、自分を黙って守り続けてきたこの男を裏切り、安易にユリウスに身を任せようとしたエーリヒへの罰なのだろうか。

煽られて昂る身体とは裏腹に、今の状況に軋むような胸の痛みも覚える。

それでも光を吸った白くなめらかな内腿にそっと舌を這わされると、エーリヒは再び濡れた吐息を洩らした。

「…ぁ…」

アルフレートは濡れそぼったエーリヒのものには直接に触れず、切ないほどに固く尖った乳頭へと手を伸ばし、そっとつまみ上げた。

「ぁ…、はっ…」

エーリヒの腰がベッドの上で浮き上がる。エーリヒはこぼれる嬌声《きょうせい》を堪《こら》えるため、強く下唇を噛んだ。

男は胸への愛撫を続けながら、内腿、淡い蜂蜜色の茂みの際、感じやすい太腿の付け根へと、丹念に舌を這わせる。

もう片方の手が臀部《でんぶ》を鷲摑《わしづか》みにし、撫でまわす。その手の大きさを意識させるかのように淫らな動きが、普段、理性的な男の印象を裏切る。

自分が通り一遍に行った性行為など、この男の愛撫に比べれば子供だましだったと、エーリヒは白く濁りかけた思考の中で思った。

「ん…、ぁ…」

さっきとは異なり、直接昂りに触れられることもなくじわじわと焦《じ》らされると、エーリヒの腰はせり上がり、快感の捌《は》け口《ぐち》を求めて切なく揺れはじめる。

今し方、アルフレートに施された口淫の強烈な刺激が頭の奥にあった。

あれに並ぶ快楽を早く味わいたい。それでもユリウスとの関係を責める男の手前、欲望を口にすることもできず、わずかばかりに残った理性と慎《つつし》みから自ら手を伸ばして慰めることもできず、エーリヒはただ身をよじり続ける。

「腰が振れていますよ」

低いアルフレートの声にエーリヒは歯を食いしばり、すすり泣きにも近い声を洩らした。

焦らすように性感を高め、煽っているのはそちらではないかとなじりたくなる。

そこへ、ふいに男が何の前置きもなく、濃いピンク色の窄まりに唇を落とす。

「ひっ…！」

悲鳴と共に、エーリヒは白い両脚を跳ね上げる。

「よせっ！」

信じられない行為だった。

「暴れないでください。傷をつけたいわけではないんです」

「嫌だ、こんな…っ」

浅ましい…、と身悶えるエーリヒの下肢を強い力で押さえつけ、男は親指で円を描くように愛撫すると同時に、蕾の中央へと丹念に肉襞《にくひだ》を辿《たど》ってゆく。

その濡れた温かな感触が信じられない。

「んっ、ん…ぁ」

そっと指先で蕾を押し開くようにされ、内部へと舌を差し入れられると、エーリヒの唇から隠しきれない上擦った声がこぼれた。

「んー…ぅ…ぅ」

勝手に太腿が跳ね上がり、そのおぞましさときわきわの感触に背筋までが痺れる。

「こうされるのはお好きですか？」

男は顔を上げ、腕を伸ばすとベッドサイドの引き出しを探り、エーリヒの爪や唇の荒れを防ぐために塗ってくれていたワセリンを取り出す。

エーリヒはその意図と生々しさに怯《おび》えた。

「好きなわけ…、ぁ…あっ」

取り出したワセリンをまぶした指を、ゆっくりと蕾へとあてがわれる。その周囲の肉襞をほぐすように、男は辛抱強くやわらかく舌を這わせる。

「あ…、やめて…、嫌だ」

ひっ…、と腕の痛みをこらえる時にも出なかった悲鳴が口をついて出た。

「ぁ…、ぁ…、嫌だっ」

舐め上げられると上擦った声が洩れ、腰がガクガクと震えた。

「それを…やめてくれ、アルフレート…」

可憐な色味の粘膜は、押し入ろうとする異物を排除しようと抵抗する。

しかし温かな舌先で執拗に舐めほぐされた粘膜は、入り口を指で押し広げるように力をこめられると、ワセリンの滑りもあって少しずつ指を呑み込んでゆく。

「ああっ！」

エーリヒの細い顎が苦しさに跳ね上がる。

「力を抜いてください。あなたを傷つけたくない」

案ずるようなアルフレートの声に、一瞬、下肢の抵抗がなくなる。その隙に、男は指をヌルッ…と内部に差し入れてきた。

一度、狭い入り口を抜けると、そのあとははるかにスムーズに男の指は内部へと押し入ってくる。

「あ…、なんて…、ぁ…」

エーリヒはあまりの違和感に何度も肩でずり上がろうとするが、そのたびに男に太腿ごと押さえ込まれる。

「あぁ…、抜け…、いやだ…」

言葉とは裏腹に、熱い肉襞が節操もなくアルフレートの指に絡みついてゆくのが自分でもわかる。

ワセリンで滑る男の指は、第二関節までぬるりと沈み込んできた。

「ぁ…、やめて…、ぁぁ…」

アルフレートは微笑み、焦りのない余裕の指使いで、たっぷりと時間をかけてエーリヒの内部を探っている。

ヌプヌプと、信じられないような濡れた音が壁に響いていた。

「ここをこうして、誰かに嬲られることを想像したことはありますか？」

「なっ…」

屈辱的な言葉に目を大きく見開いたものの、すぐにエーリヒは眉を寄せる。

中を穿《うが》つ圧迫感に妙にくぐもった吐息が洩れて、返事にならない。

内部に指を沈められると、異物感を恐れて腰に力が入れられなかった。自分の中で思いもしない動きをする、長く節の高い指に意識の半分以上が持っていかれる。

「んぅ…っ」

息づかいを乱し、胸を大きく喘がせながら、抵抗らしい抵抗もできずに内部を男の好きなようにまさぐられていると、じりじりと妙な感覚が引き出されてゆく。

「ひっ…」

反射的に洩れた声に、アルフレートは正確にある一点を探り当てた。

「ここが？」

「うっ…んっ」

ぐるりと指先で肉壁を抉るようにされ、エーリヒの腰が反射的に跳ねた。

汗がどっと噴き出て、とっさにエーリヒは左の手で男の腕を握りつかんだ。

「…やめろ…、そんな…」

まるでエーリヒへの懲らしめでもあるように、男はさらにぐっと深く肉壁を抉る。

「…ぁ…はっ…！」

明らかに嬌声だとわかる甘い声で、エーリヒは胸を喘がせる。アルフレートの指の動きに合わせて、細腰がうねり出す。

「よせ、アルフ…、よせ…」

譫言のように否定の言葉を洩らしながらも、腰は応えるように男の指に合わせて勝手にうねり続ける。

とても拒むようには聞こえない濡れた声を洩らす唇をキスで塞がれ、エーリヒはそうすれば許されるとでもいうように夢中で男に舌を絡めた。

「地に下りても、あなたはずっと穢《けが》れなく、誇り高く見えた」

蕩けるような口づけを交わした男は、そっとささやき混じりに唇に触れてくる。

「…な…に？」

「それをあんな男に…」

そろえた指を舌の代わりに二本ゆるやかに差し入れられ、エーリヒは反射的に迎え入れるように男の指に舌を絡ませた。

下肢では、アルフレートのもう一方の指がワセリンの滑りと共に蠢いているのを、それ以上煽られまいと締め上げてしまう。

「こうして上下共に、男の指で塞がれるのはどんな気分です？」

ユリウスに肌を許そうとしたエーリヒの安易さを責めるアルフレートの揶揄が苦い。

今はそんな蔑むような心ない言葉を聞きたいわけではないと、差し入れられた指にもつれる舌を絡めながら、エーリヒは首を横に振る。

「何も知らないくせに、酷い方だ…」

それは本音なのか、アルフレートは苦しげに眉を寄せた。

確かにその想いを承知しながら、これまで意図的に気づかぬ振りを装っていたのは自分だと、エーリヒは軽くむせながらも男の指を頬張り、喉奥へと呑み込む。

「大佐！」

むせたエーリヒにアルフレートは慌てて指を引き

抜き、喉から胸許にかけてを何度もなだめるように撫でた。

そこにどれだけの慈愛がこめられているのか、これまでどれだけの深い思慕と共に守られていたのか、そんな仕種ひとつ取ってもわかる。

「アルフレート、私は…」

唾液で濡れた口許を拭われたエーリヒは、自分から男に唇を寄せた。

懸命に舌を絡めると、男は痛いような表情を見せた。今度は互いに熱のこもったキスをする。

「ん…、ん…」

続けざまのキスで、意識も朦朧《もうろう》となってくる。首筋へと唇を這わされ、エーリヒはさっきまでとはまったく異なる甘ったるい声をこぼした。

「…ぁっ…ん」

膝が崩れ、男の腰を受け入れるように開いた。

ワセリンにまみれて長い指をすっぽりと呑み込んだ箇所は、すっかり熟れたように濡れほころび、赤く充血した中の粘膜を淫らに覗かせる。

「…ぁっ、…あっ」

指を二本そろえて濡れた内部にこじ入れるようにされると、火照って貪欲な粘膜がまとわりつくように男の指に絡み、嬉しげに締め上げてしまう。

狭い場所に指を二本呑み込まされる圧迫感よりも、内部を犯される快感の方がはるかに勝った。

「ずいぶん奥まで熱い…、中が蕩けて…」

「…言うな…、ぁっ…」

あっ…、あっ…、と内部を奥深くまで指で穿たれるにつれ、エーリヒはたどたどしくも煽るように腰を使った。

唇を合わせながら、アルフレートはズボンの前立てを開き、すでに固く熱り《いき》立ったものを取り出す。

そのあまりの大きさに、エーリヒは息を呑んだ。

それでも左手を取られ、天を突くほどに固く屹立《きつりつ》したものに添えさせられると、思わずほっそりした指をおずおずと絡めてしまう。

腰ごと抱えられ、凶器めいて猛《たけ》ったものを、同じように昂って反りかえったものにこすりつけられると、自分の浅ましさに目も眩《くら》む。

エーリヒは首まで真っ赤になりながら、巨大なアルフレート自身と共に、自分のものをぎこちない手つきで扱いた。

「ん…ふっ…」

これまで経験したこともない淫らな真似に、思考が飛ぶ。

両脚を大きく開かされたままであられもなく腰を動かし、内側をかきまわすアルフレートの指を、より深く受け入れようとする。

エーリヒの腰が軽く痙攣《けいれん》し、動きが切羽詰まったものになりはじめた頃、アルフレートはエーリヒの中からゆっくりと指を引き抜いた。

「…あっ」

ズルリと内部から指が抜け出る感触に、エーリヒは濡れた声を上げる。

喪失感からすぐには閉じきれない箇所に、屹立を押しあてられる。

息を呑むと、熱っぽい声で尋ねられた。

「私を？」

軽く入り口を突かれ、エーリヒは潤んだ瞳をアルフレートにあてる。

男の意図することはわかった。

小さく頷くと、女のような情けない格好で両脚を押し開かれる。それでもワセリンにまみれた箇所に先端を押しあてられると、物欲しげに喉が鳴った。

期待に震える箇所に、圧倒的な質量がゆっくりと押し入ってくる。

「あっ…、はっ…ぁ…っ」

そのあまりに熱く巨大な充溢《じゅういつ》に、反射的に粘膜は収縮する。

エーリヒはアルフレートの腕の中で、白い喉許を無防備に晒した。

しかし、それも先端が沈み込むまでで、すぐに内側がまとわりつくような、奥へと迎え入れるような淫らな動きに変わるのが自分でもわかった。

「…ぁ…、待て…」

喘ぐエーリヒのほっそりした脚を深く抱え込みながら、アルフレートは何度か腰をゆるやかに前後させ、焦りのない動きで根本まで深く穿ってくる。

その焦れったいような動きに、エーリヒは肩で細く喘いだ。

息苦しさに、生理的な涙が目尻からこぼれ落ちる。

それでも時間をかけて深々と最奥部までいっぱいに貫かれると、圧迫感と共に下腹から背筋にかけて痺れるような感覚があった。

「こんな奥まで…」

信じられないと呻くエーリヒの脚を抱え上げたまま、アルフレートはゆるやかに笑った。

エーリヒの涙を拭ってくれる男の、髪を乱した顔に胸が疼く。

「怖いぐらいに締めつける」

低い喘ぎと共に、男は笑ってエーリヒを責めた。

「…何も」

からかう声に喘ぐと、男はゆっくりと腰を使いはじめる。

「待て…、ぁ…」

次第にエーリヒの声も、細く、濡れた響きを帯びる。

「あ…、あ…」

あられもない格好で深く腰の奥まで男を受け入れさせられながら、エーリヒはその腹部を穿つ圧倒的な質感にすすり泣く。

下腹を埋める充溢が苦しいのに、アルフレートの余裕のある腰使いにじりじりと奥部を突かれ、奇妙な快感が引き出されつつある。

深々と男を受け入れさせられた入り口が、男の屹立をいっぱいにまで含んで押し広げられ、抉り込まれて攣れる。

「…ぁ…、何か…、待って…、待ってくれ」

その感覚についていけないと首を横に振るエーリヒに、男はいったん腰を引いた。

ほっとひと息ついた瞬間、男は一気に身体を進め、さっき探り当てた箇所をその大きく横に張った先端でゆるやかに突きはじめる。

「あっ…、何をっ…、あっ、あっ、あっ…」

無理のない強さで立て続けに過敏になった箇所を突かれ、エーリヒは波のようにうねり寄せる快感に声を上げた。

腰が勝手に跳ね上がり、男の突き上げに合わせて大きく前後に動く。

まったく未知の快感への恐怖から、エーリヒはアルフレートに腕を伸ばし、救いを求めた。

「あっ…、そこは…っ、駄目だっ…あっ」

エーリヒの身体を抱きとめながらも、内部の締め上げが強すぎると、男は眉を寄せる。

「大佐、ゆるめて」

「無理…っ、も…っ、やめ…っ」

切羽詰まって訴えるエーリヒは、男の首に腕を絡めたまま、懸命に腰をのたうたせる。

誰よりも心を許した男だからこそ、この腰の裏側を抉られる苦痛に近い羞恥と快楽を受け入れている。

「…こんな…、あぁ…」

どうにかなってしまいそうだ…と、未熟な腰使いでアルフレートに応えながらも、エーリヒは次々ともたらされる強烈な快感を追う。

内部まで深く突き入れられ、ワセリンで滑る粘膜をヌラヌラと蹂躙される刺激がたまらない。充血した肉壁がワセリンと共に男に絡み、その抽挿《ちゅうそう》に合わせて激しく収縮するのが自分でもわかる。

大きく割られた両脚の間に、膨れ上がった男の逸《いち》物《もつ》が深々と埋まっているのが見えた。そのあまりに淫らな眺めに、目眩がした。

「アルフッ…」

上擦った声で男の名を呼びながら、エーリヒは懸命にアルフレートの首筋にすがりついた。

「…もうっ、も…、保たな…っ」

快楽で頭の奥が真っ白にかすみかけた中、黒髪の男がやさしい目で笑うのが見えた。

体勢を入れ替え、エーリヒを上に乗せた男は腰の動きを加減し、初めての行為に慣れない身体を向かい合わせにゆるやかに抱きとめる。

「こんな飾りのないあなたは、初めて見た…」

エーリヒを膝の上に乗せたアルフレートは微笑み、エーリヒ自身の与える快感にまた少し眉を寄せた。


抱き寄せられたエーリヒの喉から、濡れた嗚咽《おえつ》が洩れる。

内奥をたっぷりと穿たれながら、エーリヒは腰を揺らめかして喘いだ。

「アルフレート…、一緒に…」

細い声でせがむと、男は涎《よだれ》をこぼしながら切なく揺れているエーリヒのものを大きな手に握りしめてくれた。

「一緒です、どこまでも…」

赤く膨らんだ性器を扱かれ、深く腰を穿たれたまま、下から奥部をゆるく何度も突かれると、エーリヒは半狂乱になった。

「あっ…ぁ…っ」

身体は汗に濡れ、アルフレートのもたらす快感に桜色に上気している。

「もう…、ダメだ…、ダメっ…、あっ…」

細い悲鳴を上げ、エーリヒは白い背筋を大きく震わせた。先端から噴き上がった温かな白濁が、アルフレートの手と下腹を汚す。

その瞬間、エーリヒの内腿が大きく痙攣し、アルフレートを強く締め上げた。

「…くっ…」

仰け反った細い身体を抱き、アルフレートもエーリヒのもたらす強い快感に歯を食いしばる。

捉えられた白い身体の奥深く、熱い体液が次々と放たれるのがわかる。

「…あ…、出て…」

奥部に迸《ほとばし》る熱さを感じ、エーリヒは細い声を上げた。

「ええ、あなたの中に…」

荒い息の中で答える男に、エーリヒはあぁ…と呻いて、ぐったりと男の肩に顔を伏せる。

「…こんな…」

こんな快感があると言おうとしたのか、こんなひどい真似を許すなんてと言おうとしたのか、自分でもわからないまま、エーリヒはアルフレートの与えてくれる甘い口づけに懸命に応える。

ズルリ…と快感の余韻に酔うエーリヒの内部から、少し力を失ったものが引き抜かれ、エーリヒはまた濡れた声を洩らした。

「…は…っ」

未練がましく男を引き留めようとしたのがわかったらしく、まだ完全に閉ざしきれない粘膜に指が潜り込んでくる。

内部をからかうようにまさぐられると、放たれたもので濡れた内側が物欲しげに収縮する。

「…ぁ…」

エーリヒは喉を震わせた。官能を刺激され、昔から淡泊なのだとばかり思っていた下肢が、浅ましく持ち上がりかけているのがわかる。

「…エーリヒ？」

それに気づいたらしきアルフレートに、エーリヒは片腕で上気したままの顔を隠そうとする。

「…おかしい…、どうしてこんなに…」

自分でも信じられないと呟く唇を塞ぎ、アルフレートは自身も首許のネクタイを引き抜いた。

肩からサスペンダーを抜きながら、男はエーリヒに覆いかぶさってくる。

「あなただけではなく、私も…」

男はピンク色に染まった耳朶にそっとささやき、エーリヒの両脚を大きく割り開いた。

髪を乱し、深い眠りに捕らわれたエーリヒを腕の中に深く抱きながら、アルフレートは寝息をつむぐ清潔な唇に、そっと触れた。

ユリウスの存在がなければ、自分もこうしてエーリヒに手を伸ばすことがなかったかもしれないと、眉を寄せる。

自由に空を舞う翼を失うことによって、アルフレートの腕の中に堕《お》ちてきた空の守護者。

北の空を守る女王とも讃えられた気高いエーリヒの愛機が、長く黒煙を吐きながら墜《お》ちていく様子は、今もまだ瞼の裏に鮮明に焼き付いている。

あの時には、血も凍るかと思った。

エーリヒに救われた夏の日から強い絆を意識し続け、エーリヒが空軍の士官候補生となったと聞いた際には、それを追って空軍士官学校に入り、同じ北部戦線を志願した。

この執着は、どこか狂気にも近い。離れることなど、ひと時も考えたことがない。

今も、通信機から聞こえる、あの凛とした声を覚えている。

――こちら、雪の一番機《シュネー・アイン》。

機首に黒くペイントされた、雪の結晶。

空軍きっての撃墜王が空に現れると、味方は強く勇気づけられ、逆にエーリヒを『黒の悪魔』と呼んだ敵軍は恐れおののいて編隊を乱した。

うっすらと薔薇色に染まった夕暮れ時の美しい空に、エーリヒの乗ったMｉ１９０が翼を振って合図するのを、いつも胸を躍らせて見ていた。

どこまでも遠く晴れ渡った、怖いぐらいに美しい空だった。西日に照らされ、薔薇色の夕空が徐々に紫、そして藍色へと変わってゆく。

エーリヒも、あの空を忘れられないと言っていた。

「どう責められようとも、あなたと共に…」

アルフレートはささやき、ようやく自分に応えてくれた想い人にそっと口づける。

たとえ、その先が地獄であろうとも、どこまでも共にゆく。

あの夏の日以来、エーリヒと共に生き、その行く末を見定めると決めたのだから…。

五章

I

昼食のテーブルにアルフレートと共に着いたエーリヒは、給仕に食材をいつものようにカットして持ってきてくれるように頼む。左手だけでナイフを扱うのは難しいので、あらかじめ肉や野菜を食べやすいサイズに厨房で切っておいてもらう。

給仕も慣れたもので、心得顔で頷いた。

隣に座るアルフレートは、エーリヒに向けてくる視線が少し熱を帯びたやわらかなものとなった以外は、以前と変わりない。

あの晩はずいぶん気持ちを昂らせていたようだが、それ以降は何か思わせぶりな言動を見せることもない。そんなアルフレートの節度ある態度には救われている。

あれ以来、こちらが拍子抜けするほどに何も要求されることはなく、男の言動にも変化はなかった。

「ミューラー中尉」

参謀副官が失礼します、とエーリヒに会釈し、急ぎの仕事らしくアルフレートに書類ばさみを見せる。

エーリヒは一緒に書類ばさみを覗き込んでいるアルフレートの横顔を見た。

佇まいは落ち着いた大人のものとなったが、いつも理性的な表情は子供の頃と変わらない。

あの夏、林の中で湿地に落ちたアルフレートを助ける前から、街中で見かけるたびに不思議と長身の黒髪の少年が気にはなっていた。

友人達と笑っていても物静かな印象で、兄やその友人、同じ年頃の親戚の少年達の誰とも違った雰囲気だった。

兄よりはまだ歳下なのに、とても大人びた印象を受けた。

許されることなら、話をしてみたいとも思ったこともある。

はっきりと自覚はなかったものの、あの頃からすでに何か特別な相手だと意識していたのだろうか。

恋愛の機微に無頓着な自分にはわかっていなかっただけで、あれは初恋にも近い感覚だったのだろうか。

だから、あの夏の日、林の中で泥の中に腰まで埋まったアルフレートを見つけた時、ずいぶん驚いた。

そして同時に、何があっても絶対に彼を助けたいと強く思った。危険だとか、そんなことは完全に頭から飛んでいたのは、子供だったからだろうか。

だが、アルフレートが命を落とすことなど、とても考えられなかった。

今思うと、とんでもなく向こう見ずな真似をしたと思う。助け上げられたからよかったようなものの、そうでなければ、どうなっていたか。


置かれたフォークにそっと左手で触れ、小さく笑ったエーリヒをどう思ったのか、副官が去ったあと、アルフレートはわずかに首をかしげた。

「何か？」

「いや…」

あの時、この男を失わなくてよかったのだと、エーリヒは小さく首を横に振った。

あえて口に出さなくとも、あの時の向こう見ずな自分と同じ真似を、多分、今の自分もするだろうから…。

Ⅱ

昼下がり、エーリヒが他の参謀らと空軍本部のガードナー大将の部屋に詰めている間、アルフレートは別室で女性事務員に書類のタイプを依頼していた。

「ミューラー中尉」

背後から呼びかけられ、振り返ると下士官が廊下への扉を指し示す。

「エッツォ大佐がお呼びです」

書類ばさみを手にしたアルフレートは、書類に書き込みを追加しながら乾いた声で応える。

「シェーンブルク大佐なら、打ち合わせ中だと伝えてくれ」

「そう言いましたら、『では、ミューラー中尉を呼べ』と言われましたので」

扉の向こうでこちらに横顔を見せている男の姿を確認し、アルフレートは手にしていた書類を女性事務員に手渡すと廊下に出た。

やぁ、とユリウスはふてぶてしく笑いかけてきた。

アルフレートは応えず、冷ややかに男を見返す。

「この間は、ずいぶん強引な真似をしてくれたじゃないか、中尉」

「緊急の呼び出しがありましたので」

「どうだかな」

アルフレートがガードナー大将の名を騙《かた》ったことを知っているような顔で、男は笑う。情報部にいる相手なので、命令がなかったことぐらいは容易に調べられるのかもしれない。

しかし、だからといってこの男の行為を許せるわけでもない。

「皇帝陛下に顔つなぎができると大佐におっしゃったそうですが、その代償がこの間の真似ですか？

同性愛者は、収容所での矯正対象のはずでは？」

ユリウスはおかしそうに肩をすくめる。

「君がそれを言うのか？」

「私は今、エッツォ大佐のされていたことに、目をつぶっている立場ですので」

ふうん、とユリウスはよく磨き上げられた爪《つ》に目を落とし、唇の片側を吊り上げた。

「エーリヒが、私に気があるとは考えないのかな？

すべてが合意の上だったとすれば、エーリヒの立場も危うくなる。邪魔をした君は、ただ気が利かないだけの野暮な男だ」

「シェーンブルク大佐がどのような方かは、よく存じ上げております」

ユリウスは鼻先で笑った。

「勘違いするな」

容姿と家柄に恵まれた男は指をアルフレートの鼻先に突きつけ、笑みと共に目の奥を覗き込んでくる。

「君がエーリヒのお気に入りだからこそ、その無礼な物の言いようを許しているだけだ」

アルフレートは男の目を睨み返した。

ユリウスは身体を引くと、ひょいと肩をすくめた。

「今にも噛みつきそうな顔だな」

「この国を守りたいと願われるシェーンブルク大佐の思いにつけ込む、あなたのような卑劣な真似が許せないだけです。大佐はずいぶんあなたを信用していらっしゃった」

「エーリヒの望みは知っている。彼は見かけこそ優美だが、中身は根っからの軍人だ。国を守るためなら、平気で身を投げ出す」

それを知っていて…、とアルフレートは男を睨み続けた。

「だが、役得は、役得だよ。私は君のような清廉潔白で慎み深い人間とは違う、ミューラー中尉。欲しいものは、チャンスがあれば手に入れたいと思う、ただの凡人だ。野暮で気の利かない君に邪魔されたがね」

ユリウスはアルフレートの肩越しに参謀部の扉を見た。

「でも、我が従兄弟の頼みに関しては、私もその信用に見合うだけの働きはするつもりだ。心配するな」

どこまで信用できるのかと押し黙るアルフレートに、ユリウスはポケットから革手袋を取り出し、以前のエーリヒ同様の優雅な仕種ではめる。

これだけは普通の人間にはどうやっても真似のできない、貴族らしい堂に入った見事な身のこなしだった。

「今日の夕方、テルトワに陛下のお見舞いに伺う」

「今、体調を崩されて？」

脳梗塞で倒れて以来、ハインリヒ四世は車椅子で療養生活を送っていると聞いているので、その見舞いだろうかとアルフレートは尋ねた。

「いや、昨日の空襲で宮殿の半分が焼け落ちたんだ」

そのゾッとするようなニュースに、アルフレートは思わず眉を寄せた。

確かに昨日もテルトワが大規模な空襲に見舞われたというニュースは流れていたが、宮殿まで焼けたとなるといよいよ国の存亡を意識せざるをえない。

「陛下はご無事で？」

ユリウスは肩を寄せてくると、ひそめた声で続ける。

「無事だそうだ。ただ、宮殿が焼けたことは、まだ公式には発表されていない。リンツ元首が摂政を務めているとはいえ、陛下の存在は国民の精神の拠り所。宮殿を半分をやられただなんて、おおいに国民の士気を削ぐからね」

それはそうだろうと思わず黙り込んだアルフレートを、ユリウスはちらりと横目に見上げる。

「可能なら、午後六時に陸軍の将官用兵舎前まで車をまわしたまえ。私はレーダー中将の車に同乗している。レーダー中将は、エーリヒが陛下のお見舞いに伺うことを快諾してくださっている。我々もいよいよ、本腰を入れなければならないからね」

本腰という男の示唆に、アルフレートはわずかに目を眇める。

「我々の覚悟はできている。あとは陛下に講和の御判断をいただくだけだが、厭世《えんせい》的なフランク皇太子のお考えや、これまで散々に元首に蔑ろにされてきた陛下のお立場もあり、ご自身が講和を望まれたところで国民の意識と乖離《かいり》し、ただ浮いた存在になってしまうのではないかと迷われている。今日、その陛下の説得に我々は向かうが、その中に若くて有能なエーリリヒも入れたいとのレーダー中将らのご要望だ。最近まで北部戦線で実際に活躍していた人間が直接に意見を申し上げれば、陛下も心を動かされるのではないかという話だ」

そこまで言うと、ユリウスは片眉を器用に上げてみせた。

「これは本来、先日、エーリリヒに直接伝えたかったが…、まぁ、緊急の用件があったらしいしね。代わりに君に伝えておくよ」

「承知しました、大佐にお伝えします」

あと…、とユリウスは有能で冷酷そうな情報将校の顔となって、軍帽の鍔《つば》越しに視線を寄越した。

「陛下にお目にかかるんだ。不本意だろうが、エーリリヒには瑕疵《かし》や失礼のない姿で来るようにと伝えておいてくれ」

男の言わんとするところを察したアルフレートに、ユリウスは頷いた。

「そうだ、リンツ元首に贈られた義手があるだろう」

アルフレートの返事を待たず、ユリウスは踵《きびす》を返した。

Ⅲ

アルフレートからユリウスの申し出と同行の際の注意を聞かされたエーリリヒは、眉を寄せた。

しかし、ハインリヒ四世に目通りするのに、極力失礼のないようにというユリウスの忠告もわかる。

いったん身支度のために宿舎へ戻ってきたエーリリヒは、義手の入った細長いトランクをベッドの上に置いた。

これまでと変わりない態度で準備を整えてくれていたアルフレートは、後ろへまわってエーリヒの上着を脱ぐのを助けてくれる。

トランクの蓋を開け、軍人用とはとても思えない芸術的な仕上がりの象牙の義手を黙って見下ろしているエーリヒに、アルフレートは声をかけてきた。

「部屋の外へ出ていた方がよろしいですか？」

「いや…、そうではなく」

関係を持ったからといって、必要以上に愛人顔で振る舞うわけでもなく、これまでのように一線を守ろうと気遣ってくれる男に、エーリヒは目を伏せて苦笑する。

「些細なことなのかもしれないが、リンツから贈られたものを身につけなければならないのが気に入らない。本当は受け取りそのものを断りたかったが…」

一度は辞退したが、必要以上に断ると角も立つ。そうでなくとも旧貴族であるエーリヒの存在を気に入らないリンツの側近達もいる。不要に目をつけられるような真似をしない方がいいと勧めたのは、当のアルフレートだった。そうして諫《いさ》めてくれたことには感謝している。

「義手を装着すること自体が、お嫌なわけではなく？」

「ユリウスの指摘どおり、陛下の前で極力不具が目立たないようにするのは、礼装と同じく当然の配慮だ。不要な心配をおかけしてしまう」

溜息交じりにネクタイに指をかけたエーリヒに、アルフレートは尋ねた。

「代わりの義手では？」

「汎用品の？　そうだな、それでいい」

頓着のないエーリヒの返事にアルフレートは頷くと、しばらくお待ちくださいと部屋を出ていった。

エーリヒは新しいシャツと予備の軍服を、備え付けのクローゼットから取り出す。ちょうどそこへ、アルフレートがひとつの箱を抱えて戻ってきた。

汎用品の義手だと思ったエーリヒは、アルフレートが開いた箱の中の銀の義手に目を見開く。

手首から指の関節部まで綺麗に造り込まれた義手はいわゆる汎用品ではなく、むしろ、象牙の義手によく似た構造、造形の義手だった。

控えめな光沢を放つ銀製の腕はエーリヒの左手とほぼ対照的な造形で、手首から指にかけては装飾として華美になりすぎないアラベスク模様が彫り込まれている。

とっさに美しいと思った。

「…これは」

エーリヒは左手を伸ばし、そっと触れてみる。

アルフレートは箱から義手を取り出すと、エーリヒに手渡した。

象牙とは異なり、打ち出しで作り上げた前腕部は中空で、金属の重さが出すぎないようにしてある。それでいて、強度を損なわない程度の強靭《きょうじん》さもある。

「失礼かと思いましたが、採寸のあとに同じ職人に頼んで別途手配しました。あの時、何度か義手は不要だと断っておいででしたが…」

エーリヒはシャツの上から義手を肘の先にあてがってみる。

「美しいな。それに…、とてもよくできている」

職人の腕自体は間違いないもので、造形はやはり美しい。象牙のようなどこか女性を思わせるやわらかさがない分、重量感のある銀の光沢と金属の質感がむしろ好みだった。

「やはり隻腕だと、いろいろ障《さわ》りもあるから…」

エーリヒ自身、この間、アルフレートに先を失った右腕を、あからさまに見られたくないと思ったばかりだ。

それを知っているのか、結局、アルフレートは最後までシャツの右袖を脱がせなかった。

それゆえに、安易に身を差し出そうとした自分に向けられた憤りや苦しみもわかったが、同時にこの男の深い想いも理解できた。

「いえ、そういう意味ではなく…」

アルフレートは珍しく強い調子で否定した。

「非常に個人的な感傷です」

「感傷？」

ええ、とアルフレートは苦笑する。

「あの夏、私の命をつなぎ止めてくださった腕を、形ばかりでもこの世にとどめたかったのかもしれません。…つまらない感傷です」

男は見ている方が胸が痛くなるような笑みを浮かべ、身をかがめるとエーリヒの右腕を取り、シャツ越しに失った腕の先に口づけた。

エーリヒは浅くいくらか呼吸すると、長身を折ったアルフレートの首筋に触れた。

顔を上げた男の首を抱き、自分から唇を寄せた。男の腕が銀の義手ごとエーリヒの身体を抱きとめ、やわらかく唇を合わせてくる。

感傷に過ぎないというその深い想いが、今もなお自分達をつなぎ止めているのだと、やさしいキスを受けながらエーリヒは思った。


空襲の直撃を食らったというテルトワ宮の東棟半分は、黒く崩れ落ちた無惨な姿を晒していた。

エーリヒはその姿に、やはり焼け落ちたという生家シュテテューラー城を思い、心痛める。

テルトワ宮殿の車寄せ前に着くと、ユリウスがアルフレートづてに伝えてきたように、車を降りたレーダー中将は直接にエーリヒに握手を求めてきた。

「今日は無理を言って悪かったね、大佐」

「いえ、こちらこそ光栄です」

「陛下はいつも君のことを、北の護《まも》りだと喜んでいらっしゃった。連合国側との講和について、色々迷いはお持ちだが、我々のような年寄りではなく、君のような若い人間が直接に意見を申し上げれば、陛下も心を動かされるのではないかと思っている」

「私でお役に立てればいいのですが…」

エーリヒは目を伏せる。

「十分だよ。時間を割いてくれてありがたい。そういえば、君はリンツ元首にもずいぶん気に入られているそうだね」

いいえ、と短く否定するエーリヒに、レーダー中将は後ろのユリウスを振り返った。

「このエッツォ大佐も、リンツ元首のお気に入りでね」

それはかつて小耳に挟んだことがあると、エーリヒは従兄弟を見た。

この口髭を蓄えた立派な容姿を持つレーダー中将自身も、リンツに信頼されており、ちょくちょく招かれては直接に工作任務などについて聞かれているという話だ。

「あの男の俗なところは、貴族階級を否定しながらも、貴族に憧れているところだ。否定は劣等感の裏返しだから、エッツォ大佐や君のような容姿と生まれに恵まれた人間には弱い」

なるほど、それならばハインリヒ四世と親戚関係にあるレーダー中将も気に入られているはずだ。同時に自分が不可解なまでにリンツに気に入られていた理由にも、エーリヒは合点がいった。

レーダー中将に伴われて残った宮殿内に入る中、ユリウスが肩を並べてきた。

「やぁ、君の副官とは仲直りしたかい？」

後ろを歩くアルフレートを横目に見ながら低く尋ねてくる従兄弟に、エーリヒはそういえば…、と詫びた。

「先日は急な呼び出しで、申し訳なかったです」

ユリウスは楽しげに肩をすくめてみせる。

「多少親密になったところで、少しも顔色を変えることのない君の冷静さが好きだよ」

「…それは申し訳ないことです」

「君が顔色を変えたのは、この間、君の副官が踏み込んできた時だけだったね」

確かにアルフレートが絡むことがなければ、自分はすべてのことは受け流せるのだろうと、エーリヒは従兄弟と共に瓦礫の散った宮殿の通路を歩く。

「あなたはあの時ですら、顔色を変えなかった」

エーリヒの返しが気に入ったらしく、ユリウスはニッと口許で笑って目配せすると、後ろをついて歩くアルフレートに顔を向けた。

「陛下の前では、私も副官を伴えない。ミューラー中尉も、私の副官と共に待っていてもらおう」


アルフレートは心得顔で頷くと、控え室でエーリヒのコートを受け取った。

宮殿内には、以前、ユリウスに紹介された情報部の一番トップにいるというオスター海軍大将が、先着していた。

レーダー中将、ユリウスと順に握手をしたオスター海軍大将は、エーリヒの手を取るとその大きな手で何度も肩を叩いた。

「来てくれてありがたいよ、シェーンブルク大佐。陛下は現状に心を痛められている一方、国民の心が自分から離れてしまっているのではないかとまだお迷いだ。君の口からもぜひ、我々が陛下の存在を心の拠り所としていることを伝えてくれたまえ」

情報部のトップと言われるにもかかわらず、ずいぶん人間味のある表情で海軍大将は目を細める。

「私などがお役に立てるでしょうか？」

「北部での君の活躍は誰しもが知るところだし、その人柄に奢《おご》りや二心のないことは、空軍の上層部は皆、口をそろえて保証してくれる。先日、惜しくも事故で亡くなったリンデンベルガー元帥が、ぜひ仲間に加えたいと君の名を挙げていた」

「元帥が？　リンデンベルガー元帥にはお悔やみ申し上げます。空軍にとっては、手痛い事故でした」

エーリヒは荒天での飛行機の移動中、墜落事故により亡くなった空軍元帥を悼む。それももとはといえば、リンツの無理な召集によるものだった。

日々、国を思う有能な軍人が命を落としてゆくことに、強く胸が痛む。国の楯となる優秀な人間が、目に見えて失われゆくことが辛いと、エーリヒは眉を寄せた。

オスターはエーリヒと肩を並べて歩きながら、すでに講和の段取りはそれなりに進んでいること。連合国側、特に帝国同様、被害が大きく、余力のないサン・ルー共和国とブリタニアには、戦いそのものを早く終わらせたいという意向の強いことなどを簡潔に説明してくれた。

「そこまで話が進んでいるのなら、我が国にとっても救いです」

エーリヒの言葉に、オスターもしっかりと頷く。

「ここからが正念場なのだよ、大佐。講和を邪魔したい人間は、この国の中にも山ほどいる。我々は何があっても講和を成立させ、この国を復興させねばならないんだ」

オスターの言葉に、エーリヒも頷く。

謁見のための部屋の手前で待つ間、ユリウスが耳打ちした。

「オスター海軍大将は人格者だよ。国家保安情報部とは、折り合いが悪いが…」

国家元首親衛隊直属の部署である国家保安情報部といえば、帝国軍情報部とはまったく似て非なる組織だった。悪名高く、様々な組織にスパイめいた監視者を送り込んでいる。表立ってリンツを非難する者、逆らう者がいれば、直ちに収容所へ送られる。

ユリウスの所属する、主に対外的な諜報活動や情報収集を行う情報部とは異なり、帝国内で内通者により組織を監視するシステムだった。

猜疑《さいぎ》心の強いリンツがありとあらゆる場所に配属している、この国家保安情報部の存在が、国の健全化を妨げているともいえた。

「ここまで話が進んでいたんですね」

エーリヒはほっとする一方で、北部の戦場で日々疲弊しているだろうかつての部下達を思う。彼らのためにも、一日も早く生き延びる道を開いてやりたい。

「ああ、昨年、一部の将校が拘束、処刑されたこともあって、今は箝口令《かんこうれい》が徹底されているんだ。君にも不用意には話せなかった。だが、早々に声をかけにいっただろう？　オスター大将にも早めに紹介した」

エーリヒは過去に幾度かあったリンツの暗殺事件を思う。特に昨年の事件はかなりの高級将校が関与していたと、連座で何名もの士官が捕らえられ、まともな裁判もなしに処刑された。徹底した箝口令とは、それを踏まえてのことだ。

当初のユリウスのはぐらかすような態度も、それなりに理由があったのだとわかる。

「あの時、あの場にいた何人かはこちら側の人間だ。おおっぴらには口にできないし、危険なので一度に集まることもできない。詳しくはあとで説明するが、君の安全のためにも、誰が仲間なのか、最終的にはどれほどの人間が参加しているのかは教えないでおくよ」

さぁ、とエーリヒはユリウスに背中を押される。

仲間を教えないというのは、もし、失敗した時に口を割らされる危険を考えてのことだろう。ユリウスらにとっての自衛である一方で、ある意味、エーリヒを守るためのユリウスの配慮でもある。

隣室に入ると、背筋を伸ばして車椅子に乗ったハインリヒ四世の姿が、思っていた以上に近くにあった。

踵《かかと》をそろえ、軍帽を抱えて一礼するエーリヒに、ハインリヒ四世は目を留めた。

「シェーンブルク大佐、手酷い怪我を負ったと聞いたが…」

聡明さで知られた君主の言葉に、エーリヒは視線を上げる。

病に倒れ、表舞台からは退き、車椅子に乗っていても、ハインリヒ四世が直接に会ったことのない自分のことを正確に記憶していることに感嘆する。

エーリヒが怪我を負ったことをハインリヒ四世が惜しんだというユリウスの言葉も、単なる社交辞令ではなく真実だったらしい。

「はい、無調法で右手を失いました。お見苦しいかと思い、今日は義手を」

「国を守ろうとして負傷した勇気ある兵士が、どうして見苦しいことがあろうか。私こそ、戦場に立ちもしないのに、こうして車椅子に乗っておる」

こちらへ、とオスター大将やレーダー中将をかたわらに、ハインリヒ四世はエーリヒを招いた。

前へ進んだエーリヒに、依然として威厳を湛《たた》えた皇帝は手を差し伸べた。

「私も幼い頃にシュテューラー城を訪ねたことがあるよ。君のお祖父《じい》様、お祖母《ばあ》様に直接にお目にかかった。まだ、ハイリゲンヴァルト王国が在りし日のことだ。美しい城だったのに、惜しいことだ」

爆撃を受けて半壊したことは、すでに耳に入っているらしい。

「このテルトワ宮も…、お守りしきれずに心苦しい思いです」

「君はすでに十分にやってくれた」

白手袋をはめたエーリヒの義手を、皇帝は迷うことなく取って自分の手を添えた。

「もう、北の空で直接にこの国の楯とはなることはできませんが、国を守りたいという意思には変わりありません。私の忠誠は、陛下とこの国の民のためにあります」

「そう言ってくれると、ありがたいよ」

心からそう思っているようで、皇帝は口許に穏やかな笑みを浮かべる。

「陛下、このようにシェーンブルク中佐も陛下に忠誠を誓っております。講和のための親書を、ぜひいただきたく存じます」

オスター大将が言うのに、ハインリヒ四世は疲れたような顔を見せた。

「講和の審議をする議会も事実上機能せず、私が勝手に連合国側と講和を結んだところで、それははたして国民の望むところなのだろうか？」

先の戦で負けた咎を負わされたばかりでなく、リンツの台頭により表舞台から追われたハインリヒ四世の苦悩が伝わってくる。

「畏《おそ》れながら陛下、すでにこのテルトワまで何度も空襲を受け、議会もなく、リンツ元首は降伏するぐらいなら国土を焼き払ってしまえと命じる今、誰かが連合国側と講和を結ぶとなれば、それは軍ではなく皇帝陛下でなければ、それこそ国民の信が得られません」

「講和は、本当に国民の真意なのだろうか？」

肩を落とすハインリヒ四世に、エーリヒは言い添えた。

「差し出がましいようですが、陛下、これ以上戦が長引いても、被害は大きくなるばかりで誰も喜ぶことはないでしょう。私のいた北部戦線でも、ベテランのパイロットが疲労や整備不良のために次々と命を落としていきました」

「…そうか、大佐にも、大佐の部隊のパイロットらにも、すまないことをした」

「いいえ、そんなつもりで申し上げたのではありません。ただ、陛下にこの国をお救いいただくことができればという、その力におすがりしたい一心から申し上げております」

ハインリヒ四世は視線を膝掛けの上に落とし、しばらくじっと考え込む。

オスター大将はそんなハインリヒ四世に穏やかに語りかける。

「連合国側に親書を届けると同時に、我が軍でもリンツ元首とその側近、リンツ派の将軍らを拘束し、戒厳令を発表して全軍の掌握にあたります。陛下にはその後、次の選挙までの臨時政権の発足を宣言していただきたく存じます」

「臨時政権か…」

「はい、けして軍事政権にはならぬよう、リンツが全権委任を受けるまでの議員や旧内閣の中から、数名を候補に挙げております。ご高覧のほどを」

オスター大将が手渡したリストに目を落とし、ハインリヒ四世は呟く。

「軍事政権にならぬように…か」

「はい、私ども軍人の仕事は政事ではなく、あくまでも国を守ることですので」

「そうか」

それだけで英明な皇帝は、オスター大将が託したいと願ったものを十分に察したようだった。

リストを膝に置き、ハインリヒ四世はエーリヒの方へ手を差し伸べてきた。

「今日は訪ねてくれてありがたく思う。シェーンブルク大佐の勇気とこれまでの国への貢献には、感謝の言葉もない」

手を取って直接に礼を言われ、エーリヒは深く頭を下げた。


「シェーンブルク大佐」

ハインリヒ四世の前を辞したエーリヒは、レーダー中将に呼びかけられる。

「今日は同道してくれてありがとう」

感謝する、とレーダーはエーリヒと肩を並べてきた。

「いえ、今日は陛下にお会いできて光栄でした。私でお役に立てることでしたら、何でもおっしゃってください」

皇帝に直接に目通りし、その威厳と衰えることのない知性に打たれたエーリヒは、真剣に言葉を連ねる。

「君がそう言ってくれるのなら、心強いよ。有能な人間が、次々と失われてゆくのはもうたくさんだ」

レーダー中将は低く嘆息し、ブルーグレーの瞳でじっと前を見ていた。

Ⅳ

エーリヒはアルフレートと共に、Ｍｉ１９０の改造型試作機の図面と模型とを見比べていた。

前には緊張した面持ちの設計担当者と開発チームの技術長とが並んでいる。

「これはいいですね、主翼の強度が飛躍的に増しているから、旋回速度がより速くなる」

エーリヒの言葉に、二人はほっとしたような笑みを浮かべた。

「ぜひ、試作機にご搭乗いただければ、今回の機体が画期的な造りだということを実感いただけると思います」

技術長は誇らしげに笑った。

「なら、このミューラー中尉に試乗してもらいましょう。抜群の腕を持っていますから」

エーリヒが図面に手をかけると、設計担当者が慌てたようにエーリヒに代わって図面を引き取る。

「大佐、私が…」

エーリヒは図面の扱いに長けた設計担当者に図面を任せる。

アルフレートに贈られて以来、日中はほとんどの時間、腕には銀の義手を装着しているので、最近は簡単な作業ならできる。

リンツに贈られた義手とは異なり、身につけることに抵抗はない上、やはり両腕ともそろっていた方が動く際にバランスがいいらしく、楽だった。

また、身体の方も仮であってもそこに腕があると認識するのか、散々に苦しめられた幻肢痛が最近ではほとんどないことがありがたい。

「試乗していただいて、許可をいただくことができれば、まずは月内に五十機ほどの生産体制を取ることができます」

技術長の言い分に、エーリヒはわずかに眉を寄せた。

「他社で何か増産体制に入る機がありますでしょうか？」

気遣わしげに尋ねてくる技術長に、エーリヒは静かに応える。

「他社というよりも、空軍総司令官殿が戦闘機よりも急降下爆撃機の増産にこだわっていらっしゃるので、戦闘機の増産まで手がまわらないかもしれません」

昨今では北方と西方に戦線があり、海上からの物資輸送もままならないグランツ帝国では、材料となる鉄材や工場を動かすための電力なども不足している。工場もかなりの数、爆撃を受けた。

開戦当時とは異なり、いくつもの種類の戦闘機や戦車、軍艦などを同時並行で増産することは無理に等しい。

その上、陸海空のすべての軍の戦況を把握した総司令官が、参謀部や機密情報部の意見をもとにそれらの稀少《きしょう》な増産枠をできうる限り活用できるように割り振ってくれればいいが、今、その権限を握っているのはリンツで、取り巻き高官の意見をもとに相手の自分への貢献度やその時の気分によって割り振るため、機体残存数の少ない基地への新機補給もままならない。

事態はそこまで深刻だった。

「試作機への試乗の件と増産については、私から直接に参謀長に進言しておきましょう」

エーリヒの言葉に、アルフレートが図面を受け取る。

二人が出ていったあと、エーリヒが試作機の図面を広げ直し、しばらくの間眺めていると、アルフレートが尋ねてきた。

「かなりの自信作のようでしたね、試乗されますか？」

「普通に乗って飛ぶくらいなら可能だろうが、試乗レベルの飛行はできるかな？　士官学校時代の全身冷や汗に包まれるような感覚を思い出すかもしれない」

戦闘機の試乗ともなると、かなりの練度の急旋回や急下降、急上昇が必須となってくる。稀少な試乗機を壊してしまっては意味がないので、試乗するとなればアルフレートに任せようと、エーリヒは笑う。

「確かに前線でドッグファイトをしている時よりも、飛行機を操縦して間もない頃の方が、全身の血が引くような思いをしましたね」

「君にもそんな時が？」

「ありましたとも。めったに思い出したくはありませんが」

アルフレートは笑みで応える。

「同期だったら、そんな君を見られただろうに残念だな」

エーリヒの軽口に、アルフレートは珍しくずいぶん嬉しげに笑った。

エーリヒは図面から、窓の外へと視線を移す。

「せめて二十機でも増産してやれればいいが…」

もともとリンツ元首が戦車部隊に執着していて空軍予算に関心が薄い上、肝心の空軍総司令官が空軍への割り当て分を、すべて急降下爆撃機へあてようとしている。

確かに急降下爆撃機は敵の陣地や物資集積所、橋、建造物への攻撃力に長け、事実、過去には抜群の戦略的効果があったが、それも戦地の制空権を得ていてこその話だ。

機体が重く、空戦能力が低く、航続距離の短い急降下爆撃機は、開戦時に比べて飛躍的に戦闘機の能力を伸ばした連合国軍側の迎撃機にあっという間に的にされてしまう。

まともなことを進言しても取り合う者のいない今は、一日も早い講和の成立を願うばかりだ。

「とりあえず、参謀長には進言しよう」

エーリヒの言葉に頷き、アルフレートは部屋を出てゆく。

そこへエーリヒの卓上の電話が鳴った。

「エーリヒかい？　ユリウスだ」

ユリウスの声は心なしか、いつもより硬い。

「レーダー中将から君に話があるんだが、人払いしてもらっても？」

「今は私だけです」

どうぞ、と促すと、従兄弟はレーダー中将に電話を替わった。

レーダー中将は先日の宮殿への同行への礼を述べ

ると、エーリヒに尋ねてきた。

「先日の君の言葉に甘えて、ひとつ頼みを聞き入れてもらってもかまわないだろうか？」

「もちろん、私に可能なことでしたら」

「君に頼めると、非常に心強いんだが」

レーダー中将は三日後に中将のもとを訪ねてもらいたいと時間を指定し、電話を切った。


三日後、エーリヒは指定された時間どおりにレーダー中将のもとへと赴いた。

アルフレートを外に待たせて、エーリヒがレーダー中将の執務室へと入ると、中将は自ら立ち上がり、エーリヒの敬礼を受けた。

その後ろにはユリウスが控えている。

「急な話で申し訳ないが君に親書を運ぶ大任を託したいんだ」

レーダー中将の言葉に、エーリヒは目を見開く。

「私が…ですか？」

「ああ、受けてもらえると助かる」

「僭越《せんえつ》ながら、私ごときにそんな大任が務まるのでしょうか？」

「実は一度陸路で向かったが、途中で大使が爆撃に巻き込まれてね。もちろん公にはなっていないが、その時に携えていた親書は大使と共になきものとなった」

想像を絶する状況に、エーリヒは無言となる。

「申し訳ないが、サン・ルー共和国への陸路に関しては、現在どこも戦闘中のために無事に届けられる保証がない。指揮系統のバラバラなパルチザンの抵抗が激しくて、日々、勢力図が塗りかえられている状態だ。陸軍自体も統制が取れていない」

最前線は塹壕《ざんごう》が張り巡らされ、町は軒並み戦渦に巻き込まれて酷い様子だという。

　陸路で届けられないという見通しは、空軍所属のエーリヒ以上に陸軍情報部の中将やユリウスの方が把握していることだろう。

「そこで、空軍にいる君にこの親書を託そうという話になった。皇帝陛下も、君ならば力になってくれるのではないかと仰せだ。空からなら、まだ活路はあるだろう」

　確かに急旋回や近接戦の要求される戦闘機は操縦できないが、偵察機程度なら、まだ義手でも操縦は可能だ。

　その機体の手配などはエーリヒの裁量だが、はたして…と考えかけたところで、レーダー中将が言い添えた。

「空軍のコンラーツ上級大将が、君に便宜を図ってくれる。すでに了解を得ているので、連絡を取りたまえ。実動可能な戦闘機にはもう余裕はないので、それ以外で最速の機体を用意するとのことだ」

　コンラーツ上級大将といえば、このイエッセンよりもさらに西域、西部戦線の前線に近いブリュワリーで指揮をとっている、先の戦からの名高い功労者だった。エーリヒも士官学校時代に訓示を受けた記憶がある。

　その上級大将が協力してくれるというのなら、飛行機の手配もさほど難しくはない。

「私でお役に立てることでしたら」

　レーダーは書類鞄を開くと、中に納められた三通の封書をエーリヒに見せる。

　臙脂《えんじ》の蠟《ろう》による封緘《ふうかん》には、それぞれにハインリヒ四世の紋章がある。

「これが、皇帝陛下からサン・ルー共和国とブリタニア、そして、プエルナ連邦の元首へあてた親書だ」

　昔からグランツ帝国と確執のあるN連邦にあてたものはない。

N連邦は物資面でも、まだまだグランツ帝国に勝る。講和を持ちかけても、応じない可能性があるばかりか、逆に巻き返すための好機と取られる可能性もあった。

「連合国側との講和を望まれる旨、記されている。これを君に託したい」

机の横に立ったユリウスは中将が再度閉じた書類鞄を受け取ると、机をまわり込んでエーリヒへと手渡す。

「時は一刻を争う。手配がすみ次第、この親書を西側に届けてもらいたい。親書が届いた旨、先方から連絡を受ければ、すぐにテルトワの陸軍予備部隊が首都及び各主要拠点を奪還し、皇帝陛下によるリンツ元首の更迭と連合国側との条件付講和受諾を宣言する」

「承知しました」

「空路とはいえ、非常に危険を伴う任務だ」

レーダー中将は案じるような目を向けてくる。

「陸路で向かってくれた大使は、残念ながら命を落とした。それだけ危険な任務だ。君にも命の保証はできないが、その覚悟はあるか？」

前線にいた時は、常にその覚悟を胸に戦っていた。今さら、命を惜しむつもりはない。

「もとより、覚悟の上です」

エーリヒの返事に、レーダーは頷く。

「北方の守護者といわれた君だ、我々にとっても非常に心強い」

レーダーに労《いたわ》られ、エーリヒは逆に託された親書の重みを感じた。

ユリウスがそのレーダーの横で、どこか気遣わしげな目を向けてくる。

もし、任務がかなわなくとも、この男が必ず家族に自分の意思を伝えてくれるだろうと、エーリヒはその目をしっかりと見つめ返す。

「出発準備が整い次第、連絡いたします」

最後、エーリヒは書類鞄を手に、一礼して部屋を出た。

「エーリヒ！」

ユリウスが急いで追ってくるのに、エーリヒは向き合う。

珍しく、従兄弟は真顔だった。

「エーリヒ、本当に行く気なのか」

「もちろんです」

ユリウスは何か言いかけたが、やがて止めても無駄だと思ったのか、小さく首を横に振ると手を差し伸べてくる。

「こんな時にみっともないが、今さらながら手が震える。これが…、君の勇気が、我が国の歴史の転換点となるように祈っている」

エーリヒが左手に提げた書類鞄を取り上げ、従兄弟は左の手を握った。

震えを抑えるためか、これまでになく強い力で握られた手に、これは自分が死地に向かうと思ってのことなのだろうかと、エーリヒは微笑んだ。

「私に何かあれば、家族によろしく伝えてください」

その手を握り返しながら、エーリヒは言う。

「その義手は、リンツ元首に贈られたものじゃないな」

ユリウスは目敏く、革手袋と軍服の間から覗く銀の義手に目を留める。

「ええ、とても美しいでしょう？　造りもよくて、気に入ってるんです」

ユリウスはフッと目を細める。

「君の頑固さにはかなわないな」

「北方グランツの出身ですから」

私もだ、と従兄弟は肩をすくめ、書類鞄を手渡してくる。

「気をつけていけ」

廊下で待っていたアルフレートが、エーリヒの提げて出た書類鞄にすぐに気づいた。

「お持ちします」

差し伸べられた手に、エーリヒは書類鞄を委ねた。

「コンラーツ上級大将に連絡を取ってくれ」

アルフレートは込みいったことを尋ねることなく、エーリヒの一歩あとを歩きながら短く応じた。

「承知しました」

いつもと変わりない、確実に請け負った仕事をこなすための短い返事に、エーリヒは足を止め、男の方へと顔を振り向ける。

黙って自分を見つめ返す緑色の瞳に、こうしていつもこの男は自分を見ていたのだと知る。

いったい、自分はこの男が捧げ続けてくれた愛情にどれだけのものを返せたのだろうと、エーリヒはその誰よりも信頼の置ける緑色の瞳を見つめた。

失いたくない…。死なせたくない。

できることならずっと共にいたいけれども、それはずっと恐れ続けていた、自分が特別な存在を作ることによって生まれる弱さでもあった。

唇を引き結び、無言で男を見上げるエーリヒの意図を計ろうとしてか、アルフレートはゆっくりと瞬《またた》く。

「頼む」

エーリヒは唇の両端を小さく上げてみせると、再び男を伴って歩き出した。

空軍本部を出て宿舎に向かうまでの車の中、エーリヒははたしてアルフレートにどこまで打ち明けたものか、いつ切り出せばいいのかとずっと考え込んでいた。

「お疲れですか？」

すでに何か気づいているのか、部屋でエーリヒの脱いだコートと上着をハンガーに掛けてくれながら、アルフレートは控えめに尋ねてくる。

「大丈夫だ、たいしたことはない」

小さく首を横に振ったあと、アルフレート、とエーリヒは呼びかけた。

「明後日のブリュワリー行きの切符を手配できるだろうか？　できれば私費で、内密に」

「それはもちろん」

内密にと言われれば、個人的に駅まで行って切符を購入しなければならないだろうが、アルフレートは何でもないことのように請け合う。

コートにブラシをかける男の広い背中を見ながら、エーリヒは何度か息を吸い直す。エーリヒはあらたまった声で、ミューラー中尉と呼んだ。

「急な話だが…」

アルフレートが振り返る。声が喉に詰まったように苦しい。

「明日付で君を副官から解任したい」

一瞬、何を言われたのか理解できないような顔で、アルフレートは首をかしげた。

「これは私の一方的な都合によるものなので、希望配属先があれば、そこへ配属されるように手配する」

そこまでひと息に言うと、エーリヒは押し出すように言葉を添えた。

「…今日まで、よくやってくれた」

アルフレートはわずかに眉をひそめ、尋ね返してくる。

「申し訳ありません、もう一度、おっしゃっていただけますか？」

「明日付で副官を解任すると言った。空を飛びたければ前線に戻るもよし、後方がよければ希望部署に配属されるように手を回す」

アルフレートはブラシを机の上に置き、まっすぐにエーリヒを見つめた。

「私に何か不手際がありましたでしょうか？」

「いや、中尉には何ら落ち度はない。私の一存だ」

「…では、なぜ？」

静かに尋ね返してくるアルフレートに、エーリヒは一瞬目を伏せた。

この先、君だけでも生きていてほしいからとは言えない。目的を言えば、必ずこの男は共についてくると言う。前線を離れ、この参謀本部に同行した時のように。

それがわかっているからこそ、これから自分が何をするか、どこへ向かうか言えない。

エーリヒは普段と同じ表情薄い顔を取り繕うと、アルフレートを見返す。

「能力のある貴官を、これ以上、私につきあわせて副官で終わらせるのは忍びない。貴官の自由にしてほしい」

アルフレートは眉を寄せ、無言のまま、いつにない強い眼差しでまっすぐにエーリヒを見つめ返してきた。エーリヒはその眼差しを受けとめきれず、目を伏せ、床へと視線を逸らす。

「明後日、おひとりでブリュワリーへ向かわれるおつもりですか？」

今もアルフレートは副官を解任されることの意味を正確に理解し、エーリヒがアルフレートを置いて、ひとり、どこかへ赴こうとしているのも知っていた。

「これまで共に死線をかいくぐってきたのに…、今、ここで私を置き去りにされるおつもりですか？」

淡々と問いつめてくるアルフレートの低い声に、エーリヒは長く目を伏せたまま呟く。

「失敗すれば、命はない。成功しても、残された家族に迷惑が及ぶかもしれない。シェーンブルクの家に生まれた以上、国や世の人々のために生きよと私を育てた父や母は納得するだろうが、巻き添えを食う君の家族には申し訳が立たない」

それに何より、アルフレートの命を損ないたくないという一番大事な願いは逆に口にできず、エーリヒは唇を噛んだ。

自分が守りたいものは、この国と家族、そして、今はこのアルフレートの存在でもある。

そのために、危険を冒して親書を届ける任を受けた。

「…共に飛んでいた時は、楽しかったな」

アルフレートがただ黙って眉をひそめたまま、エーリヒを見ているのがわかる。

エーリヒは床に落としていた視線を男の顔へと戻し、唇を笑いの形に作る。

「君と共に、彼《か》の地に戻ることが私の夢だった」

ゴトッ、とアルフレートが手をかけていた椅子の背が動いた。

ユリウスのもとから強引に連れ出したあの晩以外、常にエーリヒに対しては穏やかな物腰で振る舞っていたアルフレートは、ただ、こみ上げてくる感情を抑え込むように大きく肩を上下させていた。

その深い緑の目に憤りと絶望、困惑、驚愕《きょうがく》といった、様々な感情が一気にせめぎ合うのを、エーリヒは見た。

「…君に私のヴァイオリンを託したい。実家に帰る折にでも、私の家族のもとへ届けてもらえないだろうか？」

アルフレートはゆっくりと首を横に振る。

「…信じられないことを、平気でおっしゃる」

エーリヒは肩で大きく喘ぐ。

平気ではないと言いたかったが、たったそれだけの言葉が喉に引っかかってうまく出なかった。

言えば、必ずアルフレートはエーリヒと共に来る。

この男は死なせたくない、ただそれだけがエーリヒの願いだった。

ゆらりとエーリヒの前にやってくると、アルフレートは手を伸ばした。その手が喉許にかかるのに、エーリヒは目を閉ざす。

一瞬、その一瞬だけは、この男に殺されてもいいと思った。喉許にかかった手に圧《お》されるように、後ろのベッドに腰を落とす。

だが、男の手はそのままエーリヒの首筋から上へと滑り、頬をなぞると、今度は再び首筋、胸許、シャツの上と辿った。

男はエーリヒの前に膝をつき、両膝をかき抱く。

軍帽が床に落ちた。

膝をそっと愛しげに抱く腕に、どれだけ自分を乞う思慕や愛情がこめられているのかわかる。

自分の膝を抱いたまま、そっと額を押しあてる男の髪にエーリヒは残された左手を伸ばした。

「…許してほしい」

呟くと、男は喉奥で小さく呻きを洩らす。

「最後に…私の願いを？」

「ああ」

何でも引き受けるつもりで、エーリヒはそっとアルフレートの髪を撫でた。

「恋人として、あなたを扱っても…？」

「もちろん、それが君の願いなら…」

エーリヒは身をかがめて男の髪に口づけると、そっとその頭を抱くようにした。

かすかな吐息めいた息をつきながら、アルフレートが顔を上げるのにエーリヒは微笑みかける。

「エーリヒと」

「エーリヒ…」

ためらいがちに呼びかけてくる男に、エーリヒは口づける。

「恋人なのだろう？」

アルフレートも小さく笑った。

エーリヒは義手の先でその手を取りながら、ささやいた。

「恥ずかしいことに、この歳まで恋人など持たなかったから、どう振る舞えばいいのかわからない」

「私だって、幸せな恋人同士とはどういうものかと明確にお応えできるわけじゃありません」

笑み混じりのひそやかなアルフレートの応えに、エーリヒは少し首をかしげる。

「…たとえば、ダンスとか？」

アルフレートはやさしい緑の瞳でエーリヒを見上げてくる。

「踊っていただいても？」

「少し狭いけれども」

エーリヒはアルフレートの手を引いて立ち上がる。そして、自分よりもはるかに上背のある男を見上げた。

この身長差でリードを取るのは、自分ではないだろう。そう思って腕を広げると、やはり同じように思ったのかアルフレートがエーリヒの背中を支えてくる。

左腕をその肩に添え、義手をはめた右腕をアルフレートの広げた左手に添える。

「君の歌う声が気に入ってる。曲を頼んでも？」

「下手です」

「下手じゃない、ジェッカ湖で少し歌うのを聞いた」

「あれは…」

アルフレートは首を横に振る。

「あれは歌になってません」

「だが、いい声だと思った」

私は好きだと言い添えると、頰に男が小さく口づけてくる。

「下手だと笑わないでくださいよ」

「どうかな？」

この男とは、こういう軽口も気軽にたたける関係でいたかったのだと、エーリヒは上目遣いにアルフレートを見上げる。

アルフレートはまた小さく苦笑して、そっとエーリヒの腕を引いた。

——夕べの風に乗せてあなたに愛の歌を贈ろう。

「やっぱり、いい声じゃないか」

「…でも、やっぱり無理です」

とても自分には向いていないと照れたように首を横に振る男に、エーリヒは軽く笑い声を上げる。

しばらくは歌のないまま、そのリードに任せて、ゆるくステップを踏みながら、エーリヒは微笑む。

頭の中に響くのは、以前にC3基地で聴いたハルクマン少尉の甘いテノールだ。

——今はこの気持ちがけしてあなたに届かぬものと知っているけれど…。

エーリヒが小さくその歌詞をなぞらえると、アルフレートはずいぶん驚いた顔を見せたあと、やがて嬉しげに破顔した。

「君と踊れるなんて光栄だ」

呟くと、アルフレートが不思議そうな表情を見せる。

「基地でのダンスの時、一度も踊らなかっただろう？」

「ああ…」

思いあたったようで、アルフレートは苦笑する。

「誰か一途《いちず》に想う相手がいるか、よほどのダンス下手なんだろうと噂《うわさ》だった」

「その口の悪さは、ホフマン軍曹ですか？」

目を眇めるアルフレートに、エーリヒは小さく声を上げて笑った。アルフレートがつり込まれるように見入ってくるのがわかる。

その腕をそっと引くようにして、エーリヒは男をベッドの上に招いた。

「君をがっかりさせないといい」

「がっかり？」

エーリヒはアルフレートが贈ってくれた銀の義手をかざしてみせる。

「君が贈ってくれた義手の使い勝手はとてもいいいし、美しさも気に入っている」

指の先まで、美しくアラベスク模様が彫金された義手は、それだけで見事な芸術品のようだった。象牙のものとは異なり、機械的で無機質な印象も逆によかった。

指も角度を変えてやれば、ネクタイを締める際の保持程度のことはできる。今、少しずつ何ができるかと試しているところだった。

「だが、やはり実際にこの腕を見ると、君も思うところがあるんじゃないかと…」

「私達の部隊を守った腕です。そして、私が手術の承諾書にサインを入れた…」

アルフレートの前でエーリヒはネクタイを解き、サスペンダーを下ろした。シャツのボタンに手をかけると、アルフレートがキスと共にその役を請け負う。

「私はこの義手の代わりに、君に何を贈れるだろうか？」

「今夜一晩を…」

「君は本当に欲がない…」

シャツのボタンを外すと、白いエーリヒの肌が露《あら》わになる。首筋から肩口へと丹念に口づける男は、そっとシャツを滑らせる。

「ぞっとするかもしれない。あまり見場のいいものでもないし」

それでもかまわないのかと問うと、アルフレートは逆に口づけで応え、さらにエーリヒのシャツの袖を抜いた。

中空になった義手は、細部まで丹念に模様が彫り込まれ、日々、アルフレートによって磨かれているため見事な光沢を放っている。

象牙の義手同様、革でできたソケット部分を持ち、切断した肘部分を収めるようになっていた。

しかし、身のまわりの世話のほとんどをアルフレートに任せたことのあるエーリヒも、腕を見られるのが嫌で義手の装着だけはさせていない。

「この義手は気に入っているが、できれば外してほしい。君を傷つけるかもしれないから」

「これぐらいでは怪我はしませんが、外してもかまわないなら」

アルフレートは普段、ネクタイを結んでくれる時のように、淡々と腕を収めた革のベルトを外した。

かすかな緊張と羞恥から、ひくりとエーリヒの右腕が揺れる。

左腕に比べて筋肉も落ち、先が萎えたように丸みを帯びた右腕を持ち上げると、アルフレートはそこにも丁寧に口づける。

男の手の中で、また、かすかにエーリヒの腕が跳ねるように震えた。

「恥ずかしいものだな、こんな無防備な姿を見られるというのは…」

エーリヒは左手で顔を隠すようにして呟く。そんなエーリヒの身体を無理のない力でベッドの上に横たえながら、アルフレートはささやいた。

「私は幸せですよ」

恋人としての関係を乞うた男にエーリヒは手を伸ばし、左手で男の上着のボタンを外した。

アルフレートが上着を脱ぎ落とすと、左手をネクタイの結び目にかける。不器用な動きを、男は黙って許した。

少し時間をかけてネクタイをゆるめると、男は手を添えてネクタイを抜きながらエーリヒの左手を捉え、手首や指先に口づける。

エーリヒは口づけられた左の手で、丹念に彫りの深い男の顔をなぞった。またキスを交わし、互いのシャツを剝ぐようにしながら肌を合わせせる。

抱きしめられ、うっとりするような温もりに身体の芯が溶けてゆくような気がする。

「私はあまり恋愛ごとには関心を持てないのだと、ずっと思っていた…」

自分よりもしっかりと盛り上がった男の胸筋をそっとなぞり、エーリヒは息を弾ませる。

「違いましたか？」

キスでエーリヒを追いつめる男に、こんな情熱的な口づけもできるのだなと笑いかけた唇を食むようにされる。

「自分でも、意識的に遠ざけていたのだと思う。私はそんなに器用な性格ではないし」

でも…、とエーリヒはキスだけですでに兆しつつあるものを、ズボン越しにゆるく愛撫され、息を弾ませる。

「でも、前に湖に行った時、全身濡れた君を見て…」

胸許の淡い尖りを軽く食まれたエーリヒは、短い声を洩らした。

「見て？」

軽く吸い上げられるようにされると、鼻にかかった甘えたような声が洩れる。

「あれ以上、見つめ続けることに危うい衝動を覚えた…」

同性であるアルフレートに魅力を感じた危険を告白すると同時に身体の中央が溶けたような気がして、エーリヒは両脚を擦り合わせようとした。

それを許されず、両膝を開くようにされ、エーリヒは抗議混じりの濡れた声を洩らす。

だが、胸許を吸うように責められると、さらに短い呻き声がこぼれた。小さな尖りが男の舌先に触れると、それだけで腰が痺れたようになる。

無防備な腋窩《えきか》にも口づけられ、そこからは腕にかけて舐め上げられると、エーリヒはその刺激に半狂乱になった。

「…っ！」

残った左手を男の髪に絡め、必死にその感覚に耐える。もう一方の尖りもゆっくりと揉《も》み潰すようにされると、ゾクゾクと背筋が震えた。

内腿に昂ったものをズボン越しに押しつけられると、その生々しさに呻きがこぼれる。

重ね合わされ、その存在を誇示するようにこすり合わされると、自分もすでに生々しく形を変えているばかりか、下着の濡れた感触までまともに意識させられてエーリリヒは耳まで赤くした。

「…ぁっ」

前立てを開かれ、直に握り込まれるとかすかに濡れた音がする。

「…んっ」

この間、エーリリヒの形を覚えたのか、男は巧みにエーリリヒを握りつかみ、先端裏の弱い箇所を何度も指の腹で丸く煽る。

「アルフ…ッ」

すぐにこらえきれなくなり、エーリリヒは半ば腰を浮かせた。自分に男を愛撫してやる利き手がないのがもどかしい。

「んっ、アル…」

先端から溢れた滴が男の手を濡らし、小さく蜜音を立てるのが荒い息の合間に響く。

男と懸命に唇を合わせながら、その手に自らを押しつけるようにしてエーリリヒはこの間覚え知ったばかりの快感をもどかしく頭の中で追った。

「早く…っ」

「あなたの中に入っても？」

尋ねられ、何度もがくがくと頷く。自分の足から器用にブーツを抜いた男は、エーリリヒの下肢からすべての衣類を剝ぎ、机の引き出しにあるワセリンを手に取った。

その間、エーリヒは自ら男に口づけ、ズボンの前立てを探る。そして、下着の中に手を滑らせ、その熱く硬い昂りを直接に握りしめた。

この前は冷ややかな言葉を時折向けてきたアルフレートも、今日は手の中のものを不器用ながらも愛撫すると、嬉しげに口許をゆるめる。

臀部を割り広げられるようにして、ワセリンを塗り込まれる。

「…ぁっ」

この前、内部を穿たれる快楽をたっぷりと教え込まれたせいだろう。まるで待ち望んでいたかのように、エーリヒの中は男の指を受け入れた。

「…んっ、んっ…」

ワセリンの滑りを借りて長い指を奥へと呑み込んでゆくと、アルフレートがかすかに笑う。

「内側が熱くて…」

その肩口に額を押しあて、エーリヒはなおも内部を探る男の指を意識する。

「あっ…、っ…」

腰や内腿の震える箇所を互いに覚えていたようで、巧みに男の指先に内部を探られると、腰が震えて浮き上がる。

「アルフレート…、んっ…」

指の数を増やされると、心許なさと内側をまさぐられる無防備な快感に、腰が勝手に揺れる。

まるで男の膝を跨ぐような格好で、エーリヒは下肢を嬲られることを許した。

「ぁ…っ、あっ…」

男の上で夢中で腰を振る自分が信じられない一方で、この淫らな行為がやめられない。もっと快感が欲しいと、左腕で懸命に男に首にすがり、エーリヒは上擦った泣き声と共に腰を揺らめかせる。

中でワセリンが体温と共にどんどん溶けて、甘ったるい声と共に濡れた音が壁に響く。

「もっと…、早く…」

指だけでは足りないと、こらえきれない快感にエーリヒは歯を食いしばる。唇の端からこぼれた唾液を、男が舐めとる。

「んぁ…っ」

中に深々と埋まった指に添えるようにして、下からゆるやかに男が入り込んでくる。押し広げられた箇所に割り入ってくる男の質量は熱く、長大だった。

「う…ん…」

濡れた指が抜き取られる不安定な感触に変わり、もっと圧倒的な質量が自分の中を割り広げてゆく。

「ぁ…あ――っ」

腰の奥深くまでゆるやかに貫かれ、頭の中が真っ白になった。

「エーリヒ！」

驚いたような叫びと共に抱きとめられ、エーリヒは一瞬、意識を手放しかけた自分に気づく。


「…っ」

慌てて向かい合った男の首にすがり、ふらつく身体を支えるも、今度は自分の中に埋まったアルフレート自身の圧迫感に喘いだ。

「…はっ」

汗の浮いたエーリヒの身体を抱き、臀部から背中、背中から脇腹へとゆっくりなだめすかすように撫でながら、アルフレートはやんわりと動き出す。

「んっ…、まだ…」

馴染みきっていないからと言いかけるが、考える以上にワセリンはなめらかに溶けて、内部でグズグズと湿った音を立てながら滑る。

「やっ…、あっ…、あっ…」

下からゆったりと突き上げられると、そのたびに腰と背筋が甘く痺れて姿勢が保持できなくなる。

「待て、もっと…、ゆっくり…」

呻くと、長い腕が愛しげに抱きしめてくる。乱れた髪をかき上げ、男が口づけてきた。汗に濡れた身体が腕の中で滑り、不安定さに呻くと仰向けに横たえられる。

中に埋め込まれたものが抜け出るおぼつかない感触にまた小さく呻くと、抗議の声だと思われたらしく、かすかにアルフレートが笑う気配がした。

「…ぁ」

覆いかぶさってきた男の首に腕をまわし、自ら膝を開いた。再度、ゆるやかに奥深くまで腰を進められ、エーリヒは白い喉を仰け反らせる。

ゆるゆるとした抽挿なのに、快感で視界がかすむ。

この男を抱きしめるための右腕があればいいのに…、喉奥からくぐもった嬌声を洩らしながら、エーリヒは腰と内腿を何度も細かく痙攣させる。

「アルフ…、アル…」

内奥を突いてくるアルフレート自身を強く締め上げながら、エーリヒは何度も喘いだ。


かたわらの心地よい温もりがそっとベッドを抜け出し、足音を忍ばせて動く気配をエーリヒは夢うつつに感じた。

床の軋みにかすかな布の音…、先に起き出したアルフレートが身支度を整えているのだとエーリヒは寝返りを打つ。

男の気配が再びベッドの側に戻ってきたかと思うと、そっとエーリヒのかたわらに腰を下ろす。ゆるやかに髪を梳かれる気配に、エーリヒは目を開けた。

シャツと乗馬ズボン、ブーツを身につけた男と目が合う。まだ髪をセットしていない顔は、いつもよりも若く見える。

「おはよう」

照れくさい思いで声をかけると、おはようございますと律儀な挨拶が返る。

「もう、部屋に…？」

まだしばらくの間、一緒にいてもいいのでは…、と言いかけたエーリヒは、男が膝の上に乗せた銃に目を見開く。

「それは？」

とっさにアルフレートが何のために銃を膝の上に置いているかを尋ねてしまう。

自分に対する殺意など微塵《みじん》も感じないのに、そこに銃のある違和感。

むしろ、普段と変わりないアルフレートの穏やかさ、変わらず寄せてくれる深い愛情は疑うべくもない分、今、このタイミングで男が剝き身の銃を膝に置いていることに異様さを覚える。

信じられないような思いで身を起こしたエーリヒに、アルフレートは静かに告げた。

「あの夏の日、私はあなたの手によって救われました」

長くそれをアルフレートが恩義に思ってくれていたことは知っている。

「あの日以来、あなたの強さと誇り高さに惹かれ、この命に代えてもあなたを守りたいと思って、空軍を志しました」

それも知っている。

だが、同時にその裏にひそんだ絶望にも近い思いを察したエーリヒは息を吞む。

「あなたが私の存在をこれ以上は不要だと言うのなら…」

ゾワリと肌が粟立つ。

「何を…」

「必要ないというのなら…、この場で私を始末してください」

グリップをエーリヒの方に向けて、銃が静かに差し出される。

「…できない」

首を横に振り、エーリヒは呻いた。

でしたら…、と男は立ち上がる。

エーリヒはとっさに左手で、男が手にした銃を押さえる。

「どこへ行く⁉」

「私が自分でけりをつけるだけです」

「待て！　君を殺したくないからこそ…」

エーリヒは強く眉を寄せる。

「失いたくないからこそ…」

ならば…、とアルフレートは身をかがめた。

剝き出しになったエーリヒの肩口、そして右腕の付け根、その先へと口づける。

「私の命は、すでにあなたに捧げたものです。どうぞブリュワリーに、そして、その先にも共にお連れください」

エーリヒは何度も大きく胸を喘がせる。

やがて、アルフレートの意志が変わらないことを悟ると、エーリヒは瞼を伏せ、男の首を抱き寄せた。

「馬鹿だな、アルフレート…」

男の腕の中にそっと抱かれる。

「ええ、愚かなのかもしれません」

かすかにアルフレートは笑う。

「あなたのいない世界など、私にとっては何の意味もないものです」

エーリヒは男の肩に顔を埋め、くぐもった声で尋ねる。

「サン・ルーへ共に？」

「そこにあなたが向かうというのなら、私はあなたと共に飛ぶだけです」

頑なで無垢《むく》で狂おしい、哀れなほどの執着を感じさせるこの男の愛情を、自分も愛しいと思ってしまう。

エーリヒはそっと男の頰に口づけた。

「ならば、飛べ。そして、共にこの国に帰ってくるんだ…」

V

その日、二人は早朝に汽車でイエッセンを発った。

首都テルトワを経由し、グランツ帝国でも西域に位置するブリュワリーの街までは半日以上を要した。

西部戦線の司令基地となるブリュワリーで、コンラーツ上級大将はエーリヒとアルフレートを迎えた。

「本来なら、私の信頼する配下にこの役目を任せるつもりだったが、一週間ほど前の出撃で帰らぬ人となってしまった」

うつむくコンラーツに、急遽《きゅうきょ》、この大任を振られたエーリヒは納得した。

「心中お察しいたします。ご期待に添えるよう、精一杯務めます」

感謝する、とコンラーツは唇を引き結んだ。

「レーダー中将にも伝えたとおり、三人乗りのG型駆逐機と、ナーゴルトまでの偽の作戦指示書を用意した」

G型駆逐機は夜間爆撃機や哨戒機として使用されている、復座の飛行機としてはもっとも機動力のある機体だった。

「ここからサン・ルー共和国のデューズ上空まで、およそ一時間半だ。いったん南下して、途中、ナーゴルト上空で西北西へ向かいたまえ」

コンラーツは副官が机の上に広げた帝国の地図の上を、ペンの先でなぞってみせた。

グランツ帝国の西部にあるブリュワリーからさらに南の町ナーゴルトのD基地は、南の中立国であるルツェルン共和国にもほど近い。

そのナーゴルト上空で方向を変え、西のサン・ルー共和国のデューズ基地に向かうルートだった。

「幸いにして、さっき、レーダー中将から電話があり、帝国軍情報部対外局のルートを用いて、デューズ基地の司令官に話を通すことができたと連絡を受けた。君達がサン・ルー共和国内に入ったら、親書の確認と君達の保護のために、デューズ基地の司令官の意向を受けた連合国機が上がってくるはずだ」

「連合国機が?」

エーリヒはコンラーツ上級大将の指すサン・ルー共和国の制空権に目を落としたまま呟く。

西側とは直接対峙《たいじ》したことはないものの、今現在、戦闘中でもある連合国機が複数で現れた場合、そして、それに攻撃意志、あるいは威嚇意志があった場合、本当に無事でいられるのだろうかという懸念はあった。

いくら三人乗り機の中でG型駆逐機がもっとも機動力があるとはいえ、最新型の連合国側の戦闘機とG型駆逐機では、戦闘になった際に立ちまわりで不利すぎる。

しかし、もとはそういった危険性も込みで志願したのだと、エーリヒは視線を上げた。

「承知しました。万全の注意を払います」

コンラーツは重々しく頷いた。

「大佐も北部戦線にいたならば、重々承知だろう。もう、我々の空軍はひたすらにパイロットの消耗戦となっている。日に四度も五度も熟練のパイロットを出撃させ、疲弊させてしまう。新しい機体も補充されない。私はこれ以上、彼らがいたずらに命を落とすのを見たくない」

「同感です」

頷くエーリヒに、コンラーツは濃い眉を寄せる。

「前線を退いた君にも負担をかけてしまうが、講和には落とし時と落し所というものがある。今、この機を逃せば…、早く手を打たなければ、我々の美しい国は焦土となってしまう」

コンラーツはエーリヒに作戦指示書を手渡す。

「すでに整備兵がG型駆逐機を用意して待っている。この作戦指示書を提示すれば、すぐにでも飛べるだろう。飛行装備は私の副官が用意している」

「承知しました」

革の手袋をはめた銀の義手で敬礼を取るエーリヒに、コンラーツはつけ足した。

「操縦は君が？　その手で可能なのか？」

尋ねられ、いえ、とエーリヒは首を横に振った。

「操縦は私の副官である、このミューラー中尉が行います。北部戦線でも私の右腕だった優秀なパイロットですので」

「そうか、よろしく頼む。シェーンブルク大佐とこの国とを任せたぞ」

コンラーツはアルフレートに手を差し伸べ、握手を求める。

「命に代えましても」

アルフレートはコンラーツの手を握り、実直な声で短く答える。

「リンツの国家元首親衛隊直属の保安情報部情報将校でトートという男が、この基地にも常駐している。この指示書は問題ないはずだが、トートは熱狂的なリンツの支持者で蛇のように疑り深い。内密の指示で理由は言えないと言うと、必ず詮索する男だから、この作戦指示書を用意したが、一応気をつけたまえ」

コンラーツの忠告に頷き、エーリヒはアルフレートを伴って部屋を出る。

コンラーツの副官が士官用兵舎まで共に赴き、飛行服一式を貸し出してくれた。それに着替えると、二人は士官帽と書類鞄を提げ、副官と共に駆逐機までゆく。

整備兵の敬礼を受け、非常時に備えてパラシュートを背負っているところに、国家元首親衛隊の黒い制服を着た男がやってきた。

国家保安情報部の末端である情報将校だった。ユリウスの所属する帝国軍情報部とは対立している組織でもある。

細長い顔立ちの男で、媚《こ》びるような笑みを浮かべてエーリヒとアルフレートに敬礼をした。襟章は少尉となっている。

「シェーンブルク大佐ですね。お目にかかれて光栄です」

「貴官は？」

敬礼を返し、エーリヒは尋ねる。

「国家元首親衛隊のトートです。今から飛行を？」

「ああ、本部からの命令でコンラーツ上級大将の指示を受け、今からナーゴルトのD基地へ飛ぶ」

「なるほど、了解しました。ただ、申し訳ないのですが、これが私の仕事ですので身分証明書と作戦指示書を拝見いたしたく」

確かにコンラーツの言うように一筋縄ではいかない相手だと思いながら、エーリヒとアルフレートはトートに指示書と証明書とを提示する。

舐めるように身分証と指示書を確認すると、トートは敬礼を取る。

「ありがとうございます、確認しました。お気をつけて」

それを受けて、エーリヒとアルフレートはエンジンとプロペラを二つ擁した駆逐型重戦闘機に乗り込んだ。

三人乗りの機だけあって、操縦席はそれなりの広さが確保されている。しかし、実際に操縦手、無線手、銃手の三人が乗り込めば空間にほとんど余裕はない。

アルフレートは迷う様子もなく発進準備をはじめる。

その間にエーリヒは後方機銃を確認し、シートベルトを装着した。手許の地図と腕につけたリスト・

コンパスを再度確認する。

エンジンをまわしはじめると、双発機なだけに乗り慣れたＭｉ１９０よりも重い音が空気を震わせる。

無線で基地といくらかやりとりしたあと、アルフレートは機体を発進させた。

向かい風を受けて、エンジンの唸《うな》りと共にふわりと機体は浮かび上がる。

上昇していく機体の中、エーリヒは尋ねた。

『どうだ？』

『推進力はありますが、機体はやはり若干重めですね』

愛機であった鳶《ミーラン》とは異なる機体だが、アルフレートは危なげなく操縦する。飛びはじめて四十分ほど、エーリヒはしばらく眼下の景色と広がる青空を眺めていた。

アルフレートに操縦を任せ、晴れ渡った空に雲が白く薄くまばらに伸びる眺めだけを見ていると、ふと無心になっている瞬間がある。

『アルフレート』

エーリヒはマイクで呼びかける。

『はい？　揺れは大丈夫ですか？』

『快適だ。空が青くて…、怖いぐらいに贅沢な気分だ』

エーリヒの応えに、アルフレートがかすかに笑う気配がする。

『アルフレート』

再度呼びかけると、はい、と返事があった。

『一緒にこの国に帰ってこよう』

エーリヒが言うと、今度ははっきりとアルフレートが笑う。

『もちろんです』

静かだが、明瞭な強さのある返事だった。

『サン・ルーのブランデーを手土産に』

エンジン音に交じる低い男の声が心地いい。エーリヒは薄く微笑む。

『君と会った、あのヴァーレンの村へ…、あの北部へと帰るんだ』

このグランツ帝国南部とはまた異なる、北部の厳しい冬と澄んだ青さのある夏が恋しかった。

あの北部の思い出を守るため、今、こうして空を飛んでいる。

この飛行が、この国を救う手だてになればいい…、とエーリヒは目を細める。

むしろ、救う手だてとするために飛んでいる。危機に瀕《ひん》した祖国を未来へとつなぐために…。

『泳ぎを教えます』

アルフレートもあの青い夏を思ったのか、軽口をたたく。

そういえば昔、川遊びを終えたらしく上半身裸で釣り竿を持って友達と通りを歩いていたアルフレートの姿を、うらやましく眩しい思いで見ていたとエーリヒは少年時代を思い出す。

『最初はきっと、モッペルみたいになるぞ』

エーリヒの切り返しに笑ったアルフレートが、マイク越しに告げた。

『大佐、ナーゴルト上空です』

眼下にナーゴルトの町が見えるのを、エーリヒも確認する。ここまで何事もなく来られたことに、わずかばかりに安堵する。

『ああ、西北西に進路を取れ』

エーリヒはコンラーツの指示どおり、デューズを目指すように告げる。

ここからは五十キロほど飛べば、今のサン・ルー共和国の勢力圏へと入る。時間にしてあと四十分弱ほどだった。

『了解』

アルフレートが機体の方向を変える。

そこからの眼下の様子は、空から見ても荒れているとわかるほどの悲惨な状況だった。

　空軍の西部戦線では、ここ最近の連合国軍の集中的な巻き返しに大幅に稼働機体を減らしているという報告だったが…、とエーリヒは眉を寄せる。

　これでは北部よりもさらに酷い。陸路での安全は保証できないと言ったレーダー中将の言葉もわかる。

　戦火に荒れた国土を下に、サン・ルー共和国へ向かって飛んでしばらくした時だった。

　周囲へと目を配っていたエーリヒは、後方上空に四機の編隊を見た。最新型戦闘機のＢｗＡ０７で強力なエンジンと機動力、スピードを備えている。

『アルフレート、後方上空にＢｗＡが四機』

　呼びかけたあと、しばらく四機の動きを確認していたエーリヒはつけ足した。

『こちらをつけているようだ』

『了解』

　平静な声で応えながらも、アルフレートはやや高度とスピードを上げた。

　このタイミングで四機が追ってくるということは、やはりあの国家保安情報部のトートが一枚噛んでいるのだろう。指示書を見たあと、指令の有無と機体の到着を着陸予定だったＤ基地に確認でもしたのか。サン・ルー共和国から連合国機が上がってくると聞いているが、はたしてそこまで逃げ切れるだろうかとエーリヒは眉を寄せた。

　案の定、大型のＧ型駆逐機よりもはるかに機動性に富んだ四機は、着実に距離を詰めてくる。

――こちら、Ｄ基地所属、赤の一番機《ロート・アイン》。そちらの目的地を確認したい。

　無線を通し、隊長機が呼びかけてくる。

　すでにＤ基地への航路は大幅に逸脱している。この先はサン・ルー共和国しかないため、迷ったという言い訳も通じない。

「このまま、飛びます！」

喉許のマイクをずらし、アルフレートが後方に向かって叫んできた。

「もしもの場合は、威嚇射撃だけする。応戦はしない」

エーリヒも後方機銃の前へと移りながら、叫び返す。味方機を撃つような真似はしたくない。

何度か目的地を教えろと呼びかけられたが、アルフレートは応えないままに一気にトップスピードまで持ってゆく。

応答のない二人に、追跡機は命令を利用した将校らの亡命か何かだと思ったらしい。

——引き返せ、さもないと撃墜する。

二度の警告のあと、四機は機体を傾け、駆逐機を狙って順に降下してきた。攻撃態勢となった隊長機が、機関砲で警告射撃をしてくる。

バリバリバリッ…という炸裂《さくれつ》音が響いたあと、無線で最後通告が伝えられる。

——減速せよ、従わなければ撃墜する。

頭の中でサン・ルー共和国までの残りの距離を計算しながら、エーリヒは革手袋をはめた手でハインリヒ四世の親書の入った書類鞄をしっかり抱え寄せた。

ここで撃墜されるわけにはいかない。講和を望むというこの親書を届けなければ、秘密裏に進んでいる講和の大義名分が成立しなくなる。

『回避行動に入ります』

無線を切った冷静なアルフレートの声が心強い。

『了解』

返事と同時に、アルフレートは大きく機体を傾けながら高度を上げ、駆逐機を囲むような攻撃態勢を取っていた編隊の中から離脱する。

見事な腕で一気に四機の囲いの中から躍り出たが、向こうも手練《てだ》れのパイロットらしい。すぐに態勢を立て直し、追ってくる。

二機は高度を上げ、残りの二機はまわり込むように巧みに左右に旋回する。

続いてアルフレートは機体をギリギリまで傾けながら、上昇してきた二機と入れ違いに急降下した。

二機が機関砲を放ってくる。続いて一機が、機銃を立て続けに撃ってきた。

アルフレートは巧みな飛行でそれらをかわしながら、なおもスピードを上げて西へと飛び続ける。

ただ、機体も短く小回りの利く四機の斟酌《しんしゃく》ない機関砲を、的としては大きな双発戦闘機で避け続けるのは、アルフレートでもギリギリのところだった。

エーリヒは上から旋回してくる機体に向かって、ギリギリのところに後部機銃を撃ち込み、旋回角度を変えさせる。

下から上昇してきた二番機の放った数発が、尾翼をかすめる。エーリヒは時計とリスト・コンパスに目を落とす。

『あと数キロで、サン・ルーだ！』

エーリヒがアルフレートに声をかけたところで、斜め下から追ってきた一番機の機関砲が右主翼を貫いた。右エンジン後部が、黒く煙を吐く。

『アルフレート！　右主翼とエンジンに被弾！』

叫ぶエーリヒの視界に、上空後方へとまわり込んだ三番機が見えた。

『…っ！』

エーリヒは回避させるために後部機銃を向けたが、仰角が足りなかった。

機体をひねりながら上から突っ込んでくる三番機の機関砲が火を吹くのが見える。

パイロットの表情まで見えそうな距離で、エーリヒはとっさに右腕で頭を庇った。

あっ、と思った瞬間には、側面と前方上部のキャノピーが飛び散っていた。その破片が、かざした義手にガツガツッと激しくあたり、機器や床面にいくつも跳ね散らばる。

　味方だけに装甲の弱い箇所、そして、防弾ガラスを貫ける距離を熟知しているのだと、エーリヒは右上腕部の袖にざっくり刺さった鉄片やガラスに息を呑む。

　そして、叫んだ。

『アルフレートッ!?』

　まさにこの男に贈られた義手がなければ、鉄片がまともに頭や胸に突き刺さっていた。

『大丈夫かっ？』

　右エンジンの出力が下がっているせいか、機体が失速しはじめる。それでも、アルフレートは次の二番機の機銃を避けきった。

『アルフレートッ!?』

『…大丈夫です』

　途切れがちな声が報告してくる。

『機器が…いくつか損傷』

　それでも飛び続けるつもりらしく、アルフレートは機体を立て直そうとしていた。

　割れたキャノピーから凄まじい勢いで風が入ってくる中、エーリヒはシートベルトを外し、後部機銃から距離のある操縦席へと何とか近寄ろうとする。

『大佐、前方に…』

　アルフレートの声に視線を前に向けると、十機以上の連合国軍がこちらに向かってくるのが見えた。

　これがコンラーツ上級大将の言っていた確認のためなのか、迎撃のための飛行編隊なのかはわからない。

　しかし…、とエーリヒはベルトに挟み込んでいた信号拳銃を取り出すと、キャノピーの大きく破損した被弾箇所へと狙いをつける。

　そして、風圧の中、引き金を引いた。

　派手な発射音と共に、信号弾が長く白い尾を引いて打ち上がる。

続けてエーリヒは、救難を求める二発目の信号弾を打ち上げた。

連合国機が上下に分かれ、迎撃態勢を取るのに、追ってきた四機は次々と上空への退避をはじめる。

それと同時に、右エンジンが破裂音を立て、がくんと機体が大きく沈んだ。

『アルフレート、不時着態勢を取れ！』

失速するのを感じながら、エーリヒは声をかけた。下には森と街道、畑が広がっている。時計とコンパスを確認すると、すでにサン・ルー共和国の制空権内だった。

『…了解、不時着します』

呟くような声に、エーリヒが危険を承知で身を乗り出すと、男の肩と腕が真っ赤に染まっていた。

エーリヒは息を呑む。

『アルフレートッ、しっかりしろ！』

肩をつかみ、懸命に声をかける。

『高度四百メートル！　右エンジンから出火！』

痛みと出血で気が遠くなりつつあるのか、エーリヒの叫びにかろうじて反応したアルフレートが着陸操作をはじめる。

『態勢そのまま維持しろ。高度三百！』

連合国機は火を吹くG型駆逐機が不時着態勢となるのを確認したらしく、上空で攻撃をせずに待機している。

『いいぞ、そのまま。車輪は出てるか？』

『まだ…っ』

さっき、降着装置を操作したのは見たが、右エンジン下の引き込み脚は破損したのか、まだ完全には出ていないらしい。

痛みに呻くアルフレートの肩に手をかけ、エーリヒは操縦桿を引くように命じる。

『衝撃に備えろ、高度百！　前方に川辺！』

アルフレートがなんとか意識を保とうとしている

のか、喘ぎながら懸命に操縦桿を引くのに、身を乗り出したエーリヒは義手で身体を支え、男の血に濡れた腕に左手を添える。

『七十、五十…、アルフレート、こらえろ！』

右エンジンから火を吹いていているため、高度がギリギリまで下がった機体が激しく揺れる。

視界の片隅にエンジンの炎と黒煙が見えた。

『…っ！』

川辺に突っ込む前に、アルフレートがギリギリで機首を右に振る。激しい衝撃が次々に加わる中、エーリヒは懸命にアルフレートの肩をつかんでいた。

いくつもの衝突音と共に、キャノピーの一部に額を打ちつけたが、エーリヒは歯を食いしばって衝撃をこらえきった。

『アルフレート、やったぞ！』

エーリヒは男の肩を揺さぶったが、衝撃でアルフレートは前に突っ伏していた。その間も、右エンジンの炎は大きくなってゆく。

「アルフレート！」

エーリヒはマスクや装備一式を外すと荒い息をつきながら、身を乗り出し、ボタンを操作してキャノピーを脱落させた。

立ち込める黒煙の中、エーリヒは大事な書類鞄と士官帽とを機外へと先に投げ出すと、男のシートベルトや酸素マスクを外す。

先に自分が後部座席から翼の上へと降り立ち、アルフレートに手をかけ、血に濡れたその身体を抱え上げようとする。

「アルフレート！　しっかりしろ、もう少しだ」

上空では連合国側の四機が旋回しており、残りの機は飛び去るのが見えた。

「アルフレートッ！」

必死で揺さぶるエーリヒに、男はわずかに目を開ける。

そして、エーリヒの顔を見ると薄く笑った。

「ご無事…、ですか？」

「無事だ、立て！　出火が収まらない。じきに火が回る、脱出するぞ！」

割れたガラスが飛行服の右袖を貫き、銀の義手が剝き出しになっている。

自分のこの腕では完全に支えきれないと、エーリヒは歯を食いしばって、ゆらりと揺れた男の身体に右肩を差し入れ、持ち上げる。

なんとか立ち上がったアルフレートの身体を、機体の外へと無理矢理引きずり出すと、エーリヒは荒い息をつくアルフレートと共に、翼の上から半ば転げ落ちるように地面に降りた。

川辺の牧草地らしき場所で、投げ出してあった書類鞄と士官帽を拾う。

そして、崩れ落ちたアルフレートの身体を下から支え、歯を食いしばり、ほとんど這いずるようにして、右主翼が燃えはじめた機体から離れた。

炎上に備えて木陰へと身を隠す。

「…サン・ルーですか？」

エーリヒの腕の中、アルフレートはわずかに目を開け、呻くように尋ねた。

「ああ…、デューズまでは辿り着けなかったが…」

エーリヒは革手袋を脱ぎ捨てると、ベルトで血に濡れたアルフレートの肩口の上部を強く縛り、止血する。

弾が貫通したのではなく、エーリヒ同様に飛び散ったガラス片と鉄片が刺さっているらしい。

「エーリヒ、こめかみから血が…」

半ば朦朧とした様子で、アルフレートは革手袋をはめたままの手を伸ばす。

「大丈夫だ、かすっただけだ。心配なのは、君だ」

エーリヒがその手を握ると、立て続けに大きな爆発音と炎上音がした。メラメラと濁った音と共に、

強いオイル臭が立ち込める。

ぐらりとアルフレートの頭が揺れ、また、男が意識を失ったのがわかった。

エーリヒは荒い息と共にアルフレートの身体と親書の入った書類鞄とを抱き寄せ、飛行服の内側にしまっておいた降伏用の白い布を取り出した。

「もうすぐだ、アルフレート…。もうすぐ…」

エーリヒは義手に白い布を巻きつけながら、はるか遠くに軍用車がこちらに向かって走ってくるのを見ながら呟いた。

「死ぬな、アルフレート…」

黒髪の乱れ落ちた男の額に口づけると、その身体を左腕で強く抱きながら、エーリヒは布を巻いた腕を上へと掲げた。

「帰るんだ、二人で」

自分ひとりだけでは、あの戦闘機の追撃を避けきることはできなかった。

すべて、この男が共にあってのことだ。

「私達の祖国に。だから…」

死ぬな、とエーリヒは汗に濡れたアルフレートの髪をかき上げ、意識のない男にささやく。

「アルフレート、生きろ…」

自身も荒い息をつきながら、エーリヒは降伏用の布を掲げたまま言った。

「共に国に帰ろう」

近づきつつある車を見つめ、エーリヒは男の胸許に銀色の腕を添え、その身体を抱き直した。

「一緒に、北部へ帰るんだ…」

北の青い空を思い、エーリヒは呟いた。

青空の果て

デューズ基地内の病院でサン・ルー側のペルー少佐と警護兵に付き添われたエーリリヒは、ベッドの並んだ病室へと足を踏み入れる。

重傷者ばかりのベッドが並んだ病室の中でも、そのベッドは部屋の一番奥部、衝立で仕切られた位置にあった。

衝立の手前で待つ少佐に会釈したエーリリヒは、上半身を重ねた枕に凭《もた》せかけているアルフレートが、今日は意識のあることにほっとする。

「具合はどうだ?」

声をかけると、男は驚いたように身を起こそうとする。

「動くな、傷口が開くと困る」

エーリリヒは手で制した。

「ずっと横になっているので、身体《からだ》が鈍《なま》りそうです」

「多少鈍ったところで、死なないぞ」

エーリリヒは無理に唇の両端を引き上げる。


アルフレートが着せられたベージュの半袖の病衣からは、幾重にも包帯の巻かれた腕と胸許《むなもと》が覗《のぞ》いている。まだ顔色は万全とはいえない。

着陸時には必死で気づかなかったが、操縦席への機関砲射撃により、アルフレートは腕や肩だけでなく、右脇腹にも鋭利な鉄片が刺さっていた。そのため出血がひどく、入院も長引いている。

もう少し病院へ運び込まれるのが遅ければ、危うかったと聞いた時には、全身から血の気が引いた。

先週、三度ほど訪れた時には、タイミングが悪くアルフレートは眠っていたので、メモだけを置いて帰った。

虜囚の身なので、見舞いも好きな時に来られるわけではないのが歯痒《はがゆ》いが、まだ見舞うことを許されているだけ恵まれていると思う。

「来週になれば、車椅子《いす》に乗ってもいいと医師が言っていた」

　さっき、ペルー少佐の通訳で医師からアルフレートの状態と回復見込みを聞いたエーリヒは、脇の傷の縫合などについて説明してやる。

「そうだとありがたいですね。ただじっとここで横たわったままなのは、かなりの苦痛です」

　傷も痛むはずだが、エーリヒを安心させようとしてか、ひたすら寝ていなければならないのが辛《つら》いと、アルフレートは軽口めいた愚痴と共に、ゆるやかに瞬《また》きをする。

　確かにほとんど言葉も通じない場所で、話し相手もなくじっとしているのは苦痛だろうと、エーリヒは手にしていた新聞をアルフレートに差し出した。

「気になっているだろうと思って」

　グランツ帝国について書かれた記事を、今日、ペルー少佐が厚意で解説と共に手渡してくれたものだ。

　エーリヒの身は捕虜扱いだが、ハインリヒ四世の親書を身を挺して運んだ将校として、待遇は悪くない。迎えに現れたペルー少佐が、色々と気をまわしてくれる。

　同様にパイロットとして傷を負ったアルフレートが手厚い看護を受けているのも、そのためだ。

「…すみません、サン・ルーの言葉は…」

　病院内でも片言程度しかわからないのだと、アルフレートは申し訳なさそうな表情となる。

「私もそんなに得意ではない。おおまかな内容しかわからないが、ここに…サン・ルーやブリタニアとの講和が成立して、ハインリヒ四世のもと、暫定政権が発足したと。リンツ元首は逮捕前に自殺したらしい」

「自殺…」

　アルフレートは少し驚いたような顔となる。

　エーリヒも同感だった。逮捕を前に自死するぐらいなら、どうしてもっと早くに手を打ってくれなかったのかと…。

ならば、もっと祖国の被害は少なく、幾人もの仲間達も死なずにすんだかもしれないのにと思わざるをえない。

「サン・ルーの仲介で、一応、N連邦との間にも休戦が成立…、この記事が確かなら、今、北部は休戦中だ」

「よかった…」

アルフレートはほっとした顔となる。任務を終え、肩の荷が下りた思いはエーリヒと同じだろう。

アルフレートはふと、エーリヒの身につけたシャツとセーターに目を移す。

「これも、ペルー少佐に借りたものだ。私の上着は着陸時にボロボロになってしまったから」

ガラスや鉄片は、そのほとんどがアルフレートの贈ってくれた義手が防いでくれたが、手当ての際に袖や襟口を切り落とされたので上着やシャツは使い物にならなくなってしまった。

そのため、下は空軍の軍服のままだが、上はずいぶんカジュアルな格好だった。

「見ろ、さすがにサン・ルー製だ、ものは悪くない」

デザイン性や質のよさで知られたサン・ルーのニットの着心地を褒めるエーリヒに、アルフレートは苦笑する。

「じゃあ、私の飛行服も使い物ならないと言い張ってみましょうか？」

「安心しろ、私の着ていた飛行服以上に切り刻まれてるから」

アルフレートは手を伸ばし、エーリヒの銀の義手の先に触れる。

「お怪我《けが》は？」

「義手にいくつか鉄片がめり込んでしまったが、思った以上に頑丈な作りだ。象牙ではこうはいかなかったな」

エーリヒが袖をまくり上げてみせると、アルフレートは義手についた幾つもの傷をそっと指先でなぞり、薄く笑う。

その視線がずいぶん愛《いと》しげに細められるのが面映ゆい。

「…君がいなければ、任務を果たせなかった」

エーリヒの言葉に、アルフレートは不思議そうな表情となる。

「いえ、ご一緒できてよかったです。私はずいぶん、身勝手な理由でついてきてしまったのかと…」

アルフレートはどこか苦みのある笑みを見せる。

「たまたま三人乗りのG型駆逐機を与えられたからよかったようなものの、一名定員の機ならとても…」

エーリヒは首を横に振る。

「実動可能な戦闘機にはもう余裕はなかったらしいから、どうあっても動かせたのはあのG型駆逐機だ」

それに…、とエーリヒはつけ足す。

「私の操縦では、とてもここまで辿《たど》り着けなかっただろう。君がいたからこそだ」

祖国を未来へつなぐことができたと、エーリヒは微《ほほ》笑《え》む。

「いえ、大佐なら、かわしきれたんじゃないかと、何度も夢の中で…」

「夢の中？」

「ええ、嫌な夢です。そのまま地面に叩《たた》きつけられる生々しい夢を何度も…」

傷による発熱のせいなのか、悪夢に魘《うな》されたらしい。この男にしては弱気な言葉で目を伏せる。

エーリヒ自身も、右腕を失った時に何度も生々しい嫌な夢を見たので、その夢ともうつつともつかない恐ろしい感覚はわかる。

「いや、とても無理だ。早々に撃墜されていた」

「でも、あの大佐のウィングオーバーの鮮やかさは、今も目に焼きついていますよ」

エーリヒがかつてドッグファイトの際に利用した、

機体の自重を利用し、急旋回、旋回降下で速度を取り戻し攻撃に移る技を何度も夢で見たと、アルフレートは口許をゆるめる。

そして、声を上げずに微妙に眉を寄せた。

その感覚が、かつて幻肢痛に悩まされたエーリヒには痛みをこらえる表情なのだとわかる。

「痛むか？　無理をしなくていい、また来るから」

エーリヒの言葉にアルフレートは頷《うなず》くと、やはり今回の負傷で相当に体力を消耗したのか、ゆっくりと瞼《まぶた》を閉ざした。

エーリヒはその手を取りながら、十日ほど前の不時着時の様子を思った。


機体が爆発したあと、近づいてきた軍用車から、銃を携えた兵士らと将校らしき身なりの男が降りてきた。

「抵抗する気はない！」

エーリヒは白い布を掲げてグランツ語で叫んだあと、さらにサン・ルー語で同様の内容をつけ加えた。

『抵抗はしない！　グランツ帝国空軍、シェーンブルク大佐だ。貴官らに伝えたい用件がある！』

銃を構えた兵士らを後ろに、将校が先に立って歩いてくる。

「ペルー陸軍少佐です。デューズ基地司令官のギザン中将の指示により、迎えに上がりました」

男は少しクセがあるが、流暢なグランツ語で応えた。

「了解した。我が帝国軍情報部レーダー中将の意向を受け、司令官殿にお伝えしたいことがある」

エーリヒは戦意のない証《あかし》に、腰の銃を外して足許に置く。

「承りましょう」

男が頷くと、後ろの兵士のひとりがその銃を取りに来た。エーリヒは抵抗せず、意識のないアルフレートを腕にペルー少佐を見た。

「あと、同乗の中尉が負傷した。申し訳ないが、手当てを頼めないだろうか」

「承知しました、必ず」

エーリヒはアルフレートの身体と書類鞄《かばん》とを抱いたまま、礼を口にする。

「ありがとう。貴官に感謝する」

そして、汗に濡《ぬ》れたアルフレートの髪をかき上げ、エーリヒは意識のない男にささやく。

「アルフレート、共に国に帰ろう」

ペルー少佐の指示を受けて担架を抱えてやってくる兵士らを見ながら、エーリヒは男の胸許に銀色の腕を添え、その身体を抱き直した。

『頼む、助けてやってほしい…』

慣れないサン・ルー語で兵士らに声をかけると、衛生兵がちらりとエーリヒを見た。

兵士らはエーリヒの腕から、アルフレートの身体を抱え上げ、担架に乗せる。

返事はなかったが、素早くアルフレートの状況を確認した衛生兵は、アルフレートの上着の前を開く。

中で真っ赤に染まったシャツに、エーリヒは小さく息を呑《の》んだ。

脱出することに精一杯で、アルフレートがどれだけの傷を負っていたか、確認できていなかった。

ゾッとするような出血に、衛生兵は何か言いながら、担架と共に軍用トラックの後部に乗り込み、脇腹にガーゼを当ててゆく。

「大佐はこちらに。あなたも手当てが必要です。それも基地で…」

エーリヒは促され、アルフレートの乗せられたトラックを何度も振り返りながら、書類鞄を手にペルー少佐と共に軍用車へと乗り込んだ。

ペルー少佐が、とりあえず使ってくれとハンカチを差し出してくれるのに礼を言い、こめかみの傷に当てた。

その後、基地の中将のもとへ赴き、親書を手渡すと、中身を確認したギザン中将から正式な講和受諾の旨を伝えられた。

それは直《ただ》ちにサン・ルー共和国政府とブリタニア、そして、本国のレーダー中将に伝えられ、講和受諾が成立するのだと聞いた。

アルフレートが基地内の病院で手当てを受けていると教えられたのは、そのギザン中将の副官からだった。

エーリヒ自身も手当てを受けながら、ただ、アルフレートの無事を祈り続けた。

ようやく講和が成立したものの、まだまだ情勢は不安定で、国に残した家族も心配だったが、今、こうしてアルフレートを見舞うことができるのにはほっとする。

国に帰るには、まだしばらくかかるだろうとペルー少佐には言われたが、この男と一緒なら自分は耐えられるはずだ。

死線をかいくぐり、この男と共に飛んできたのだから…。

エーリヒはもう一度、固く男の手を握ると、そっと眠ったアルフレートの側を離れた。

湖畔にて

仰向《あおむ》いたエーリヒの身体《からだ》を下から支えていた腕が、そっと離れる。

「ほら、ちゃんと浮いています」

かたわらでエーリヒを支えていたアルフレートが小さく笑った。

「ああ…、だが、どうにも不安定なものだな」

エーリヒは離れてもすぐ下にある男の腕を感じながら、落ち着かない思いで空を見上げる。

北部特有の青く澄んだ空だ。ひたひたと耳の横で夏場も冷たい湖の水が揺れる。

エーリヒはすぐに湖畔近くの森、そして、かたわらの男へと視線をずらした。

そのエーリヒの背中をまた、そっと下から押し上げるようにしながら、男は笑う。

「できれば視線は一点に。視線を動かすと、どうしても身体もぶれます。ゆったりと…、水の揺れに身を任せるような思いで…」


耳の横の水音が気になるエーリヒは、また落ち着かない思いでアルフレートを見た。

その右脇腹には、まだ新しい目立つ縫合痕《あと》がある。

エーリヒの背中を、しっかりした男の腕が支えた。

「今日はこれぐらいにしましょう。風がかなり冷たくなってきました」

背を支えられ、身を起こしたエーリヒは、ぶるりとその白い身体を震わせた。

確かにさっきまでとは異なり、水をわたる風がずいぶん冷たくなっていた。

「確かに冷えるな」

エーリヒは左腕で身体を抱くようにすると、アルフレートの剝《む》き出しの腕が庇《かば》うようにエーリヒの身体をかたわらから抱く。

互いに水着だけを身につけた格好だった。

さっきまで湖畔にいた家族連れや、釣り客も気がつくとすでに引き上げている。

岸には二人が借りた小さなコテージが見えた。

「戻って、お湯でも使いましょう。続きはまた明日に」

エーリヒに泳ぎを教えようという男は、辛抱強く言う。

「明日は、もう少し早い時間にはじめよう」

エーリヒはしっかりした熱を持つ男の身体に身を寄せながら、濡《ぬ》れ髪をかき上げた。

水着でバスタブに湯を張るアルフレートの足許《あしもと》に、毛足の長い茶色の犬がじゃれついている。

どこかモッペルに似ているが、サン・ルー生まれだった。

エーリヒとアルフレートが、サン・ルーでの半年ほどの抑留生活を終え、解放された時に連れ帰った犬だ。

「レニ、少し待っててくれ」

小さな天使という意味合いを持つ名の犬を、水着のままのアルフレートがなだめている。

脇腹の傷は大きく背中まであるが、がっしりした男らしい体軀《たいく》は、以前、ジェツカ湖の横で見た時と少しも変わらない。

「寒くないですか？」

浴室に足を踏み入れたエーリヒに手を差し伸べながら、アルフレートは笑う。

「ああ、少し水に浸《つ》かりすぎた」

濡れた身体の上にローブを羽織ったエーリヒは、その手に自分の左手を重ねる。

普段、愛用している右手の義手は、湖で泳ぐ練習をする前に外していった。

以前なら、そんな姿を誰かの前に晒《さら》すことなど考えもしなかったが、今日は抵抗もなかった。

る。

「ゆっくり浸かって、温まってください」

アルフレートがローブの紐《ひも》を解き、脱がせてくれる。

「君もだ」

エーリヒはそんな男の手を引いて、共にバスタブに入るように促した。

アルフレートはややはにかんだような笑みを見せたものの、やがて向かい合って浴槽に脚を入れる。

開けた浴室の窓の外には、夕暮れ時の湖の美しい眺めが広がっている。

二人が夏の休暇のために借りた、北部の湖畔にあるコテージだった。湖そのものはあまり大きくはないが、静かで穏やかな場所だ。

帰国後、エーリヒとアルフレートは、北部にある電力会社に勤めている。

今は約束通り、泳ぎの練習をはじめた。

今日一日かかって、ようやくエーリヒは一人で仰向けに水の上に浮くことが出来るようになったところだ。

右前腕を失っているので泳ぎづらいのではないかと思ったが、アルフレートは目の前で器用に片腕だけを動かし、水に浮いて見せた。

片腕だけでも、それなりに泳ぎ方はありますよ、というのがアルフレートの言い分だ。

水から上がると鳥肌が立つほど寒かったので、そのまま水着で浴室に直行した。

徐々に臍《へそ》の上まで上がってきた湯に、エーリヒは悪戯《いたずら》っぽい目を男に向けた。

「いつまでその水着で浸かってるつもりだ？」

アルフレートは濡れ髪をかき上げながら、苦笑する。

「まさか、水着のままで浴槽に連れ込まれるとは思っていなかったので」

エーリヒは笑って左手を伸ばし、アルフレートの水着の紐を解く。直接に裸体を晒し、この男に失ったありのままの右腕を見られるのも、今はもう気にならない。

「ゆっくり浸かってくださいって言ったじゃないですか」

抗議の笑い声を上げる男の唇を、エーリヒは笑いながら唇で塞ぐ。

笑って冷えたエーリヒの身体を抱きとめながら、アルフレートはエーリヒの水着をずらし、ゆっくりと中心を握りしめてくる。

エーリヒもゆるめた水着の中に手を差し入れ、すでに頭をもたげかけた男をキスと共に愛撫《あいぶ》する。冷えた身体に、男の体温が心地いい。

横でレニがうろうろしているのを、エーリヒはキスの合間に横目で見た。

「しーっ、レニ、いい子だ、向こうに行っておいで」

エーリヒの首筋に顔を埋《うず》めながら、アルフレートも小さく笑う。

「あとで遊んでやるから、向こうに行くんだ」

レニはしばらく未練がましく浴室の入り口でうろついていたが、やがてキスと愛撫をやめない二人に諦めたのか、出てゆく。

口づけの合間に、泡立てた石鹼《せっけん》で互いの身体を洗い、互いを握りしめて高めあう。

「どうする？　このまま？」

石鹼のぬめりを借りた指を身体の奥に受け入れながら、エーリヒは荒い息の中で尋ねた。

アルフレートは答えの代わりに手を伸ばし、水栓をひねって湯を止める。

エーリヒは姿勢を入れ替えられ、浴槽に身体を預ける形で白い臀部《でんぶ》を無防備に男の前に晒した。

「あっ…」

ぬぅ…、とすでに幾度となく受け入れた男のものが、背後からゆるく押し入ってくる。

「はっ…」

エーリヒは左手で浴槽にすがり、自らも腰を揺らしながら、深い部分まで男を受け入れてゆく。

「あっ、あっ、あっ、あっ…」

暮れかけた浴室で、しばらく濡れた声が断続的に響く。

後ろから貫かれながら、エーリヒは何度も喘《あえ》ぎ、喉許を仰《の》け反《ぞ》らせて薄く笑った。


「ひどいな、クタクタだ」

ベッドに場所を移し、自堕落に横たわったエーリヒの身体を背後から抱き、アルフレートはまだ首筋に丹念に口づけてくる。

姿勢を入れ替えようとしたエーリヒの左手に、レニが口に咥《くわ》えてきたものを押しつけてくる。

「何だ？」

そのひやりとした感触に、エーリヒは押しつけられたものを受け取る。

「手紙か、レニ、えらいぞ」

エーリヒは手紙の束を握ったまま犬の耳の後ろをかいてやり、背後のアルフレートに紐で括《くく》られた封筒を見せた。

休暇用に転送されてきた郵便物の束だった。

アルフレートは手紙の束を解き、差出人をエーリヒに示して見せる。

「レーダー中将のものがあるな」

エーリヒが呟《つぶや》くと、アルフレートはかたわらのサイドテーブルからはさみを取り出し、中から手紙を取り出してくれる。

しばらくその内容に目を通していたエーリヒは、やがて微笑《ほほえ》んでアルフレートに手紙を手渡した。

「私を新しく編成される、空軍士官学校の教師として推薦してくれるらしい。主に機体には乗らない、戦闘技術論の講師としてだろうが」

　空軍は政治色を抜いて再編成され、かつて、エーリヒの着任に反対したメンバーは、戦後、大幅に入れ替えられているという。

「君も一緒にどうかという話だ」

　アルフレートは驚いたような顔で手紙の内容に目を落としたあと、自分宛の手紙の中に同じようにレーダー中将から送られたものを見つけた。

「私が…ですか？」

　アルフレートは少し困惑したような、それでいて嬉《うれ》しそうな表情を見せる。

「君を推薦したのは、ユリウスだと書き添えてあるな」

　ほら…、とエーリヒが指差すと、アルフレートはゆっくりと首を横に振り、呟いた。

「思うところは色々あるのですが、あの方も不思議な人ですね…」

　エーリヒは小さく笑い、まだ湿った男の髪とこめかみに口づけた。

END

あとがき

こんにちは、本の発行ではずいぶん久しぶりになります、かわいです。

このたびは並行世界へようこそ！　お察しの通り、帝国空軍のモデルはかつてのルフトヴァッフェなわけですが、それ以外はおおむねファンタジーです。ふぁんたじーだから！

もとは十年ほど前にリブレさんのエロとじに掲載された短編です。軍服萌え、飾緒《しょくしょ》萌えですよ。当時も飾緒、飾緒と言い続けた気がします。だって、全世界津々浦々、どこの国の軍服も制服もいまだに飾緒が廃《すた》れないのは、むしろ、増殖し続けてるのは、皆、それがカッコいいと思ってるからでしょう？　警察や消防、マーチングバンドの制服でも飾緒ついてるし！

あと、いい男を跪《ひざまず》かせてブーツを脱がせたかった！　多分、それ（今回はそのあたりが弱い…、忘れてました、すみません）。あと、下剋上感。なんでエーリヒが隻腕《せきわん》になったのかは、記憶容量が小さいためにほとんど覚えてないのですが…、前線を外されたエースパイロットに、翼をもがれたような痛みが欲しかったのかな。

でも結局、あまりに濡れ場が長い上に汁ダクすぎて話から浮いてしまうので、色々削ってしまいました。タイトルも変わった。『夜間飛行《やかんひこう》』っていうタイトルだったんですが、そもそも夜飛んでないし、中身も、あれ、なんで夜間飛行？　…みたいな感じになってしまったので。

キャラのベースも変わってるかも。エーリヒは英雄視されて祀り上げられてるけど、中身は少し不器用な人に、アルフレートはワンコ度上がったかなぁ。短編だと、強引に押さえつけて最初から最後まで言葉責めしてたけど、そういうキャラで最後まで書きあげるのが私には難しくて…。今後、どんな極悪非道な下剋上キャラでもこなせるように、精進したいです。

書き終えて、自分ではずいぶん遠いところにきたものだと思ったのですが、他人様から見たら、たいして変わってないのかもしれません。

そして、今回、イラストは稲荷家《いなりや》先生にご担当いただけました。すごい！　軍服だったら是非とも稲荷家先生にお願いしたいという、たわけた希望が通った時には本当に嬉《うれ》しかったです。お忙しい中、ありがとうございます。

軍服に関しては、稲荷家先生ならと完全にお任せだったのですが、表紙案としてストーリー性の高い構図を他にもいただいてて、これはこれで稲荷家先生のお話で見たいなぁと勝手なことを考えたり。表紙のカラーが、二案出来上がってきたのにも驚きました。ラフを待つ間も、とても幸せな時間でした。ありがとうございました。

この話自体はふぁんたじーなのですが、エーリヒには色々モデルにしたパイロットや将校がいます。

いや、ガチでドイツのエースパイロットはイケメン多くて（中身もな）…、味方から「ブロンドの騎士」と呼ばれた金髪で童顔のエーリヒ・ハルトマン。歯を見せた可愛らしい笑顔で写真に収まってることが多くて、「坊《ブービ》や」などとあだ名されてたのに、敵からは「黒い悪魔」などと呼ばれてたとは伝説すぎる。二つの編隊を交互に攻撃させる案を考えたのは、このキュートな笑顔を持つ撃墜数ナンバーワンのトップパイロットです。

次にハルトマンに次ぐ撃墜数のゲルハルト・バルクホルン。私、個人的にこの方の顔や雰囲気がすごく好みなんですが、何より性格がよくて、敵機に致命弾を与えた後、被弾機と並行して飛びながら敵パイロットに対して脱出するよう促したっていうのはこの方です。どんな話を聞いても、人間としての器のデカい人。いい男すぎる。

そして、「アフリカの星」と呼ばれてたハンス・ヨアヒム・マルセイユ。下手な俳優もかすむぐらいの端整な顔の人でブロマイド売れ売れだったそうですが、チャラくて遊び人だったらしい…。うん、まぁ、その顔でエースパイロットだったら、遊ぶよね…。

トム・クルーズが『ワルキューレ』で演じていたクラウス・フォン・シュタウフェンベルクは、結果的にクーデターが失敗して処刑され、今は祖国のために戦った人として英雄視されてますが、当時の一般人からは「貴族の宮廷クーデター失敗」風の扱いだったみたいで、その話を聞いた時にはやや寂《さび》しい気持ちになりました。

　空軍ではないけれど、少年っぽい笑顔が魅力のヨアヒム・パイパー。戦車に乗ってる時には帽子のワイヤー抜いて潰したやんちゃなかぶり方してますが、ヒムラーの副官時代は表情薄く、きっちり制服と副官飾緒を身につけていて、いかにも親衛隊将校らしい写真があったり。

　あと、後方勤務を蹴り続けていたパイロットといえば、ハンス・ウルリッヒ・ルーデル。戦闘機乗りじゃなくて、爆撃機乗りですが、もう色々すごすぎて伝説、映画や漫画の主人公みたいな存在なので、検索してみてください（この人の戦果が凄まじすぎて、上層部が爆撃機に執着しすぎたという説も）。ハイパワーで不死身すぎる。気力も体力も回復力も精神力もすごいんだろうな。人生謳歌《おうか》してらっしゃる。

　ドイツ空軍の撃墜数が飛び抜けていてエースパイロットが多いのは、余裕のある連合軍側に対して一人のパイロットあたりの出撃回数が多いのと、被弾して墜落してもパイロットが陸伝いに歩いて帰ってこれるためだったとか。日本は島国でまわりは海なので、戦闘機の墜落＝死だったというのを聞いても切ないです。

　そんな一時は無敵を誇ったドイツ空軍も、いまや縮小に縮小を重ねて、稼働率一割未満、使える機体は四機だけといわれてる現状にも泣けます。

さて、私の近況…は、ＰＣ用の眼鏡を新しく作りかえて、長らく苦痛だったパソコン作業がすごく楽になったのに、デスクトップのパソコンがＷｉｎ10になってからすごく不安定で、今、ドキドキしながらこれを打ってること、家のメインのダイキンのエアコンが大量の水漏れを起こして、大慌てでボールで水受けしてることぐらいでしょうか。ドレンホースの掃除ぐらいでなんとかなってくれますように。パソコンはこの作業が終わり次第、延命処置でさっき届いたマザーボードと電源、ＣＰＵを載《の》せ替《か》えようと思ってます。

最後になりましたが、この話が出来上がるにあたって、リブレさんも含めて三人の編集さんにご担当いただいてます。どの編集さんにも、本当にお世話になりました。担当さんが変わる時はいつもあっという間で、なかなか日頃《ひごろ》はうまくお伝えできないのですが、辛抱強くおつきあいいただいてありがとうございます。

そして、ここまでおつきあい頂きました皆様方にも、二段組でかなりの量となりましたが、少しでもお楽しみいただけていたら嬉しいです。

待ってると声をかけてくださった方も、本当に長らくお待たせしました。お手にとっていただけて幸いです。どうもありがとうございました。

かわい有美子《ゆみこ》

初出

蒼空の絆	2009年6月 エロとじ♥VOL.2(株式会社リブレ刊)収録「夜間飛行」を大幅加筆修正の上改題
青空の果て	書き下ろし
湖畔にて	書き下ろし

月の旋律、暁の風《つきのせんりつ、あかつきのかぜ》

かわい有美子
イラスト：えまる・じょん

本体価格870円+税

奴隷として異国へ売られてしまったルカは、逃げ出したところを、ある老人に匿われることに。翌日には老人の姿はなく、かわりにいたのは艶やかな黒髪と銀色に煌めく瞳を持つ美しい男・シャハルだった。行くところをなくしたルカは、彼の手伝いをして過ごしていたが、徐々にシャハルの存在に癒され、心惹かれていく。実はシャハルはかつてある理由から老人に姿を変えられ地下に閉じ込められてしまった魔神で、そこから解き放たれるにはルカの願いを三つ叶えなければならなかった。しかし心優しいルカにはシャハルと共に過ごしたいという願いしか存在せず……？

リンクスロマンス大好評発売中

墨と雪《すみとゆき》

かわい有美子
イラスト：円陣闇丸

本体価格870円+税

警視庁の特殊犯捜査係に所属する篠口雪巳は、キャリアの黒澤一誠と長らく身体の関係を続けていた。同じＳＩＴに所属する明るい性格の遠藤に惹かれ、想いを寄せていた篠口だったが、その想いは遠藤に恋人が出来ることによって散ることとなった。その後もたびたび黒澤と身体を重ねる日々を送っていた篠口だったが、突然何者かに拉致されてしまう。監禁される中、黒澤の自分に対する言動に思いをはせる篠口だったが……。

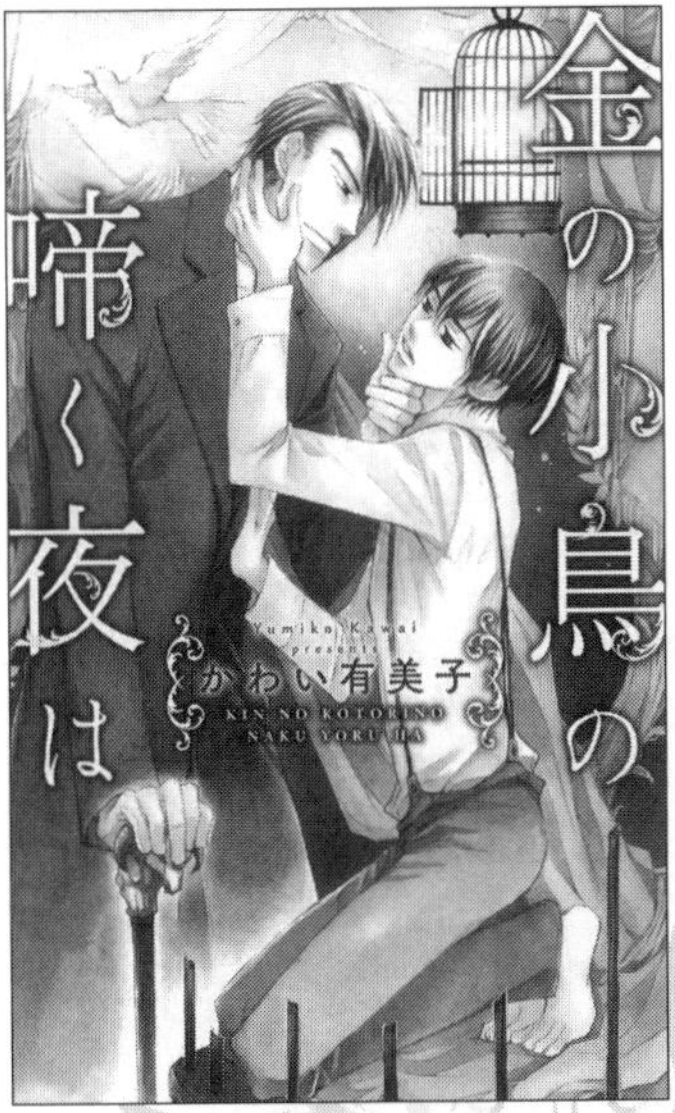

金の小鳥の啼く夜は《きんのことりのなくよるは》

かわい有美子
イラスト：金ひかる

本体価格870円+税

名家である高塚家の双子の兄として生まれ、逞しい体躯に端正な顔立ちを持つ英彬。しかしオペラ歌手としての才能を花開かせようと留学した先で、不審な火事にみまわれた英彬は左半身にひどい火傷を負い、夢を諦めて帰国することに。火傷の痕を革の仮面で隠し生活をしているものの、外に出るたびに人々の好奇な視線に晒され、日々苛立ちながら暮らしていた。そんなある日、高塚家の持ち物である劇場で働いていた盲目の少年・雪乃と出会う。ハーフであり天使のような容貌とやさしく素直な性格の雪乃に英彬は癒され、逢瀬を重ねるようになるが……。

リンクスロマンス大好評発売中

魅惑の恋泥棒《みわくのこいどろぼう》

かわい有美子
イラスト：高峰 顕

本体価格870円+税

自身の容姿も含め、美しいものをこよなく愛する美貌の泥棒・柳井将宗は、ある美しい弥勒菩薩像に目をつける。像を盗み出すため、その像がおかれている「海上の美術館」とも呼ばれるフランスの豪華客船へと乗り込んだ柳井は完璧に女装し、菩薩の偵察にいそしんでいたが、女装を見破り忌々しくちょっかいをかけてくる男がいた。医者という肩書きを持つその男は、沖孝久と名乗るが、実は彼も弥勒菩薩像をねらっている同業者だった。しかし沖からは、柳井のキス一つで菩薩の権利を譲ると提案され……。

微睡の月の皇子

まどろみのつきのみこ

かわい有美子

イラスト：カゼキショウ

本体価格870円+税

神々の住む高天原は、太陽を司る女神・大日靈尊が治めている。その弟である月を司る神・月夜見尊は、心優しい性格からある罪を犯し、高天原を追われることに。下界である神や人間の混在する世界・葦原中つ国へと降り立った月夜見の噂は、周辺国の荒ぶる神々に伝わり、月夜見は追われるが、ついに武力に長けた神・夜刀に見つかってしまう。他の蛮神から守るという名目で夜刀に連れてこられた月夜見だったが、強引に躰を開かれ半陰陽だという秘密を知られてしまう。はじめは悄然としていた月夜見だったが、しだいに荒々しい夜刀の中にある優しさに気づき惹かれはじめていき……。

リンクスロマンス大好評発売中

オオカミの言い分

おおかみのいいぶん

かわい有美子

イラスト：高峰 顕

本体価格870円+税

弁護士事務所で居候弁護士をしている、単純で明るい性格の高岸。隣の事務所のイケメン弁護士・末國からなにかと構われ、ちょっかいをかけられていたが、ニブちんの高岸は末國から送られる秋波に全く気づかずにいた。そんなある日、同期から末國がゲイだという噂を聞かされた高岸は、ニブいながらも末國のことを意識するようになる。しかし、警戒しているにもかかわらず、酔った勢いでお持ち帰りされてしまい……？

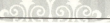

天使のささやき 2

てんしのささやき 2

かわい有美子

イラスト：蓮川 愛

本体価格855 円+税

警視庁警護課でＳＰとして勤務する名田は、同じくＳＰの峯神とめでたく恋人同士となる。二人きりの旅行やデートに誘われ、くすぐったくも嬉しくも思う名田。

しかし、以前からかかわっている事件は未だ解決が見えず、また名田はＳＰとしての仕事に自分が向いているのかどうか悩んでもいた。

そんな中、名田が確保した議員秘書の矢崎が不審な自殺を遂げる。ますますきな臭くなる中、名田たちは引き続き行われる国際会議に厳戒態勢で臨むが……？

リンクスロマンス大好評発売中

甘い水 2

あまいみず 2

かわい有美子

イラスト：北上れん

本体価格855 円+税

ＳＩＴ──警視庁特殊班捜査係に所属する遠藤は、一期下である神宮寺に告白され、同僚以上恋人未満の関係を続けていた。

母を亡くした際の後悔から、自分が自ら生きることも死ぬことも選べなくなった時には、生命維持装置を止めて欲しいと考えていた。そしてその役目を神宮寺に託したいと、次第に思うようになる。

そんな中、鄙びた旅館で人質立てこもり事件が起こり、遠藤たちは現場へ急行するが……？

LYNX ROMANCE

小説原稿募集

リンクスロマンスではオリジナル作品の原稿を随時募集いたします。

募集作品

リンクスロマンスの読者を対象にした商業誌未発表のオリジナル作品。
（商業誌未発表のオリジナル作品であれば、同人誌・サイト発表作も受付可）

募集要項

＜応募資格＞
年齢・性別・プロ・アマ問いません。

＜原稿枚数＞
４５文字×１７行（１枚）の縦書き原稿、２００枚以上２４０枚以内。
※印刷形式は自由。ただしＡ４用紙を使用のこと。
※手書き、感熱紙不可。
※原稿には必ずノンブル（通し番号）を入れてください。

＜応募上の注意＞
◆原稿の１枚目には、作品のタイトル、ペンネーム、住所、氏名、年齢、電話番号、メールアドレス、投稿（掲載）歴を添付してください。
◆２枚目には、作品のあらすじ（４００字～８００字程度）を添付してください。
◆未完の作品（続きものなど）、他誌との二重投稿作品は受付不可です。
◆原稿は返却いたしませんので、必要な方はコピー等の控えをお取りください。
◆１作品につき、ひとつの封筒でご応募ください。

＜採用のお知らせ＞
◆採用の場合のみ、原稿到着後６カ月以内に編集部よりご連絡いたします。
◆優れた作品は、リンクスロマンスより発行させていただきます。
原稿料は、当社既定の印税でのお支払いになります。
◆選考に関するお電話やメールでのお問い合わせはご遠慮ください。

宛先

〒151-0051
東京都渋谷区千駄ヶ谷４－９－７
株式会社　幻冬舎コミックス
「リンクスロマンス　小説原稿募集」係

イラストレーター募集

リンクスロマンスでは、イラストレーターを随時募集いたします。

リンクスロマンスから任意の作品を選び、作品に合わせた
模写ではないオリジナルのイラスト（下記各1点以上）を描いてご応募ください。
モノクロイラストは、新書の挿絵箇所以外でも構いませんので、
好きなシーンを選んで描いてください。

1 表紙用カラーイラスト

2 モノクロイラスト（人物全身・背景の入ったもの）

3 モノクロイラスト（人物アップ）

4 モノクロイラスト（キス・Hシーン）

募集要項

＜応募資格＞

年齢・性別・プロ・アマ問いません。

＜原稿のサイズおよび形式＞

◆Ａ４またはＢ４サイズの市販の原稿用紙を使用してください。
◆データ原稿の場合は、Photoshop（Ver.5.0 以降）形式でＣＤ－Ｒに保存し、
出力見本をつけてご応募ください。

＜応募上の注意＞

◆応募イラストの元としたリンクスロマンスのタイトル、
あなたの住所、氏名、ペンネーム、年齢、電話番号、メールアドレス、
投稿歴、受賞歴を記載した紙を添付してください（書式自由）。
◆作品返却を希望する場合は、応募封筒の表に「返却希望」と明記し、
返却希望先の住所・氏名を記入して
返送分の切手を貼った返信用封筒を同封してください。

＜採用のお知らせ＞

◆採用の場合のみ、６カ月以内に編集部よりご連絡いたします。
◆選考に関するお電話やメールでのお問い合わせはご遠慮ください。

宛先

〒151-0051 東京都渋谷区千駄ヶ谷４−９−７
株式会社　幻冬舎コミックス
「リンクスロマンス　イラストレーター募集」係

この本を読んでのご意見・ご感想をお寄せ下さい。

〒151-0051
東京都渋谷区千駄ヶ谷4-9-7
(株)幻冬舎コミックス　リンクス編集部
「かわい有美子《ゆみこ》先生」係／「稲荷家房之介《いなりやふさのすけ》先生」係

リンクス ロマンス

蒼空の絆

2019年8月31日　第1刷発行

著者……………かわい有美子《ゆみこ》
発行人…………石原正康
発行元…………株式会社　幻冬舎コミックス
〒151-0051　東京都渋谷区千駄ヶ谷4-9-7
TEL 03-5411-6431（編集）
発売元…………株式会社　幻冬舎
〒151-0051　東京都渋谷区千駄ヶ谷4-9-7
TEL 03-5411-6222（営業）
振替00120-8-767643
印刷・製本所…株式会社　光邦
検印廃止

万一、落丁乱丁のある場合は送料当社負担でお取替致します。幻冬舎宛にお送り下さい。本書の一部あるいは全部を無断で複写複製（デジタルデータ化も含みます）、放送、データ配信等をすることは、法律で認められた場合を除き、著作権の侵害となります。定価はカバーに表示してあります。

©KAWAI YUMIKO, GENTOSHA COMICS 2019

ISBN978-4-344-83743-0 C0293
Printed in Japan

幻冬舎コミックスホームページ　http://www.gentosha-comics.net

本作品はフィクションです。実在の人物・団体・事件などには関係ありません。